# 心臓突然死からの生還

アメリカで受けた手術体験

高松 健

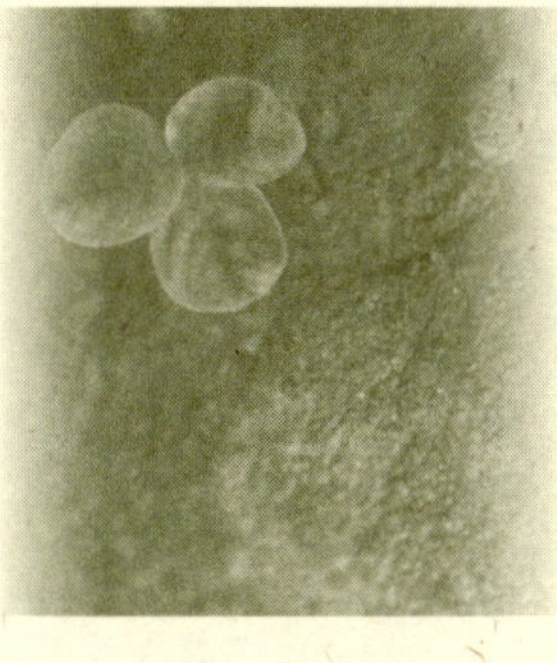

時潮社

# 心臓突然死からの生還／目次

## 闘病記

解説



装幀 勝木 雄二

# 闘病記
# 心臓突然死からの生還

# 1

# 何がなんだかわからぬままに

1999. 1 . 25～ 2 . 1

救急病院、聖フランシス病院

ピッツバーグ

# 1　何がなんだかわからぬままに

一九九九年一月二五日の朝、私はピッツバーグの郊外にあるアパート（日本でいうマンション）から空港にむかってタクシーに乗った。いつもならマイカーで行くところだが、この日は夜来の雪がくるまを覆い尽くし、まるで東北地方の「かまくら」のようになり、外は氷点下一〇度にも下がっているのでタクシーを呼んだのだった。
くるまは雪の積もる郊外の森の中の住宅街を抜け、高速道路に入った。あと三分の一、二〇分で空港というところまで来たとき、急に気分が悪くなり、息苦しくなってきた。ますますひどくなり、座席でうしろにもたれていると、バックミラーで見た運転手が心配して
「お客さん、どこか病院へ行きましょうか」
と声をかけてくれた。しかしうっかり設備の整わない病院へ連れて行かれるよりは、ピッツバーグ空港の方が、国際空港なので救急態勢がしっかりしているだろうととっさに考え
「いや、とりあえず空港へ行ってくれ」
と答えた。
運転手はただならぬ状況とみたか、猛烈にスピードをあげて空港へ突っ走った。空港に着くやいなやひどい便意を催したので、すぐ横にあったトイレへ駆け込んだ。水のような下痢だった。鏡に写る自分の顔が真っ白で、まるで蝋人形のようになっているのに驚いた。汗もびっし

ょりで、よろけながらUSエアのカウンターへ行き
「助けてほしい。とりあえず九時二五分発には乗れないので、次のフライトに変えてくれ」

と頼むと、差し出された椅子に崩れ落ちてしまった。

まもなく、どこからともなく屈強の男が数人駆けつけてきて、私を担架に乗せるやそのまま救急車に運び込みすぐ発車した。車内では男たちがたがいに大声を出しながら私の服やズボン、靴などを懸命にぬがせ、応急処置をしながら緊急連絡先を訊いたので、同じ現地法人にいる村崎直樹君の名前を挙げた。

猛烈な寒気がしてふるえが止らず、意識はずっとあるものの時々ふっと途切れる。救急病院に着くとすぐ治療室へ運び込まれた。そこには彫りの深いインド人のような顔をにこにこさせた医師が待ち受けており、

「私はラダーニと言います。全力を尽くしてあなたを助けます。安心してください」

と言ってくれたので、ほっとして、あわただしく応急治療してくれている医師や看護婦の声を夢うつつに聞きながら、そのまま眠ってしまった。

どれくらい経ったか、

「ここでは十分な治療ができないので私の病院へ行きます」

というラダーニ先生の声で目が覚めた。妻と村崎君の顔をちらっと見たような気がした。

ふたたび救急車に乗せられ、そのサイレンの音を聞きながら一五分くらい経ったろうか、大きな病院の中へ入った。治療室に運び込まれるや、看護婦さんがかみそりを示し
「これから陰毛の右側を剃ります」

という。何をされるのかよくわからなかったが、間もなく右太腿の付け根に何かがぶすっと入った。あとでレントゲン写真に刷り込まれた時刻を見ると、これが一二時二〇分だったから倒れてから三時間あまり経過していた。これもあとでラダーニ先生から聞いたところによると、三本ある冠動脈のうち右が七〇〜八〇％詰まっていたので、右太腿の血管からカテーテルを入れその先につけた風船を詰まっているところでふくらませて開通させ、あとでふたたび詰まらぬようステントという網目になった小さな金属を留置させたという。

心電図、血圧、点滴などのための管が全身に巻きついたまま集中治療室に入れられた。見るともなく見ていると、真ん中にナース・ステーションがあって看護婦や医者が忙しそうに出入りしており、まわりをドアの代りにうすいカーテンがあるだけの簡易病室が取り囲んでいる。看護婦はいながらにして患者の容態がわかるしくみになっている。その一室に自分が寝かされ

ているわけだ。病室の壁がピンク色だった。やがて妻と村崎君がやってきて、元気を取り戻した私と

「うまくいってよかった」

と喜び合った。六時半になると彼らは去って行った。そのあと私はこんこんと眠った。前のナース・ステーションにいる看護婦たちが、一段落ついた夜になると雑談を始め、その声が耳についていた。

**●妻の記●**

ピッツバーグの郊外に住んで一年九ヵ月、アパート八階の我が家のカーテン越しに、出張に行く主人のタクシーを見送りながら

「行ってらっしゃい」

といつものようにつぶやいた。

奥の部屋から掃除に取りかかり、もう少しで終えようとしたとき、電話が鳴った。

「村崎です」

という声のトーンから、何かあったなと直感した。

「奥さん、驚かないでください。ご主人が空港で倒れ、救急病院に運ばれました。くわしいことはわかりませんが、一五分後にお迎えにまいりますのでご準備ください」とのこと。異国で倒れるという、一番おそれていたことが起こったと思った。落ち着け、落ち着けと自分に言い聞かせながら厚手のオーバーを羽織り、アパートの玄関へ降りて行った。

間もなく村崎さんのくるまが現れすぐ乗り込んだが、彼は救急病院の所在地がわからないと言い、取引のある日本通運の方に携帯電話し、教えられた道路を制限速度ぎりぎりで走りに走った。救急病院に着くとすぐストレッチャーに乗せられた主人を見た。点滴の器具をつけドクターとナースに囲まれていた。主人は村崎さんを見ると何か言いたげだったが、苦しそうで声にならないので、村崎さんはしゃべらないようにと制した。彼はナースの一人にいろいろ訊いていたが、私が聞くとショックだろうと思ったか、離れた椅子に座るようにと気をつかってくれた。

暫くすると、この病院には主人のための手術設備がないのでピッツバーグのダウンタウンにある聖フランシス病院に移ると聞かされた。私たちはすぐ前をサイレンとともに走る救急車を追って聖フランシス病院へむかった。着くとひとまず待合室に入った。広い部屋にあちこちソファーが置いてあり、自由にコーヒーが飲めるようになっていて、手術の終わるのを待つ家族の気持をやわらげる雰囲気を醸し出していた。

太った黒人のナースが近づいてきて、心筋梗塞を起こしていると説明したあと、冠動脈の詰まりをなくしてステントを入れるとのことで、薬に対するアレルギー反応の有無について訊き、さらにもし必要な場合輸血を行なってよいか否かサインを求められた。ことが心臓のことだけにいやも応もなくOKした。

若い村崎さんが今まで何も食べていないことに気づき、病院内の食堂へ行くよう勧めたが

「大丈夫です」

と手術中ずっとつきあってくださった。

やがてラダーニ先生が来られ、

「手術は終わりました。成功しました」

と私の手を取って言ってくれた。うれしかった。

早速二人で集中治療室へ行くと、その一室に主人が横たわっていた。カテーテルを入

れて抜いた右太腿は一昼夜絶対に動かしてはいけないと重しを乗せられているので、尿瓶を借りなければならず、そのあとの手拭きなどいろいろ必要なものを病院の売店で揃えた。

　主人は顔色もよくなり元気そうになってきたので、夕方安心して帰途についた。


　翌朝目が覚めると、昨日本当に手術をしたのかと思うくらい体調がよく、ふだんの私に戻っていた。一一時ごろやってきた妻と村崎君を
「いらっしゃい」

と大きな声で迎えたので二人はびっくりしている。さらに、昨日私が出席する予定だった合弁会社の株主総会から、日本の株主代表の山田恭平さんと、合弁会社の社長を務めてくれているアインオルフさんが急遽デラウェア州ウィルミントンを発ち見舞いに来てくれた。

「ハーイ、ウェルカム」

と迎えると、なんだ、こんなに元気なのかと二人は拍子抜けしている。ひげが濃く、その奥の目がやさしいアインオルフさんは、ウィルミントンにいる合弁会社のメンバーからの寄せ書き

を手渡してくれた。彼はしきりにジョークを飛ばしては私たちを笑わせてくれる。

彼によると、前日の朝、USエアのカウンターで次のフライトに変えてくれと私が頼んだことは、フィラデルフィア空港に私を出迎えに来ていた合弁会社の職員に、正確に伝えられていたそうだ。ただし、その後私が倒れたこともアインオルフさんを通じて携帯電話で伝えられ、その職員は空振りのままウィルミントンへ帰ったそうで、ハプニングとはいえ申し訳ないことをした。

ラダーニ先生の回診があったが、R音をことさら響かせて「ガヴァメント」を「ゴヴォルメント」と発音するようなインド人特有の英語がわかりにくく、数年前インドで技術ライセンスの交渉をした際散々悩まされたことを思い出した。しかしアインオルフさんに言わせると、日本人の英語よりはわかりやすいそうだ。日本人はLとR、SとThの発音の区別などがいい加減で、わかりにくいのかも知れない。

アインオルフさんが見舞いにきてくれているとき、二年前セルビアから来たというかわいい看護婦がやって来て、私の過去の病歴や家族の病歴などをインタビューしたが、この人の英語になまりがあるのと、まだ英語力が十分でないのとでよくわからず往生していると、彼が横から標準英語に通訳してくれた。

ラダーニ先生が主治医だと思っていたら、この日別々にさらに二人の医師の回診があり、ほとんど同じことを言ったり訊いたりしていくので、どうなっているのだろうと不審に思った。

三日目、夜中も二、三時間おきにいろいろな薬をのまされたり点滴をされたりしてよく眠れないうえに食欲がなくなった。元気のない一日となった。エミーと名乗る看護婦がてきぱきとよく面倒をみてくれた。

昼前、村崎君の奥さんが妻をくるまに乗せて見舞いにきてくれた。妻がアパートで親しい人に私が入院したことを言ったら、たちまち二〇〇世帯あまりいるアパート中にひろがり、ドアに差し込まれていたというお見舞いカードをどっさり持ってきた。どのカードにも「お手伝いできることがあったら遠慮なく言ってくれ」と書いてあり、ただ一人の日本人住人に対するアメリカ人のあたたかさが身に沁みた。

妻は身の回り品や着替えを持ってきていた。午後村崎君が会社の状況について報告に来てくれ、それがすむと妻をくるまに乗せて帰って行った。

夜、隣から苦しそうなうめき声が聞こえよく眠れなかったが、朝になってこの人は亡くなり、運び出されて行った。

四日目、この日は看護婦ではなくて看護士が面倒をみてくれ、ベッドの横にチェアを用意して私を抱き起こし、はじめて座らせてくれた。胸、腹、太腿、鼻にくだを通されているので大変だったが、やっとの思いで腰かけることができた。

妻はいつまでも村崎夫婦に甘えているわけにいかないとバスでやってきた。しかし帰りは村崎君の奥さんが現れ、妻を連れて帰ってくれた。

夜一〇時ごろ、給食の残りのミルクを飲んで寝たところ、急に便意を催したので夜勤の看護婦バーバラにポータブルの便器を持ってきてもらった。ひどい下痢だが、彼女は

「よくあることです」

とは言いながら首をかしげていた。ついでに彼女は右太腿の付け根からくだを抜き、テープでぐるぐる巻きにして重しを置き、右足を伸ばしたままにするようにと言い残して出て行った。結局下痢は二回だった。朝まで目は閉じていたがほとんど眠れなかった。

五日目、担当看護婦のティナが来て、集中治療室を出て六階の一般病室に移ると言う。太っちょで人なつこく、よくジョークを言って楽しませてくれたので、

「別れるのがさびしいね」

と言うと、

「私もです」

と事務的に言うので大笑いになった。

　今日もバスでやってきた妻とともに、ティナの案内で点滴器を連れてそろそろと六二九号室へ歩いて移った。廊下の片側に一般病室が並んでおり、いわゆる大部屋はなくすべて個室だった。そのうちの一つに落ち着いた。バス、トイレ付きでまるでホテルのようだ。廊下を通して、南側にマウント・ワシントンというピッツバーグで最も見晴らしのよい丘が眺められ、病室のすぐ下には、全米アイスホッケーの強豪ペンギンズの本拠地ドームであるシヴィック・アリーナが見え、気分が急に晴れた。点滴も外され自由になった。

　六日目、食欲が出てきて食事がたのしみになってきた。前日まで食欲がなかったので量を少なめにしてもらっていたのがうらめしくなった。

　努めて歩くようにと医師に言われ、妻に付き添ってもらって長い廊下を二回往復した。

　妻が帰る前に湯でからだを拭いてくれた。気持よかった。

夜一〇時の検温のとき三八度あった。看護婦は、すぐタイレノール(解熱剤)を持ってきてくれた。そのあと一、二時間おきに検温、血圧測定、投薬とやってくるので、よく眠るようにと言うことばと矛盾しているじゃないかと思っていたが、明け方になっていつの間にか眠っていた。

七日目、先日の救急病院から一三、六一四ドル〇二セントを三〇日以内に支払えという請求書が郵送されてきた。アメリカの医療費は高いとは聞いていたが、担ぎ込まれてすぐこの聖フランシス病院へ転送されたにもかかわらず、救急病院だけで一三、〇〇〇ドルとはと絶句した。幸い、かつて現地法人を設立した際、アメリカには日本のような健康保険制度がないことを知り、民間保険会社と交渉して海外駐在者保険制度なるものをつくっておいたものだが、まさか自分がその適用者になるとは思わなかった。病気治療費六〇〇万円まで出してくれることになっているので、すぐこの請求書をニューヨークにある保険会社に転送した。そこの担当者は日本人の女性で、のちのちまで実に誠実に対応してくれた。

その後、聖フランシス病院からも三々五々請求書が来たが、すべてニューヨークへ転送した。あまりにも多くの請求書だったので、結局全部でいくらだったのかよくわからないが、合計四万ドルくらいだったと思う。なぜそんなに多くの請求書が来たかというと、アメリカの病院は設備とナースは病院に所属しているが、医師は別のところに事務所をかまえ、必要に応じていろいろな病院に派遣婦のように出向くからで、ラダーニ先生からだけでなくちょっと回診して行った何人かの医師からもめいめい一回の診察や回診ごとに請求書が送られて来る。おまけに請求もれがあったからと半年も一年も経ってからも請求書は絶えず、そのわずらわしさには面喰った。

若いティッチワース先生が入ってきて、明日退院だと告げた。通院は約二週間後の都合のよい日に来てくれとのこと。そのあと入ってきたナースのレベッカに診断書などを書いてくれるよう頼んだ。彼女は一年半前までいたネヴァタ州のレノ空港の近くにあるタボエ湖がすばらしいので、治ったらぜひ行くようにと勧める。空軍所属の夫、二三、一八、一五歳のこどもがいるが、いずれもピッツバーグ弁がさっぱりわからないと言っていると言うので、かねてピッツバーグ土着の人たちの英語に悩まされていた私は、同じアメリカ人同士でもわからないのかと妙に安心した。

この日、気分がすっかり落ち着いた妻は初めてマイカーを運転して現れ、夕方にはそのくるまで帰った。この日の日没は五時三七分と早いので、それまでに帰るように勧めた。彼女のいる間に初めて病室内のシャワーを浴びた。気持よかった。そのあと廊下を二回一巡して運動とした。

八日目、毎朝六時検温、血圧測定などのために来るナースに起こされるが、外はまだ真っ暗で、この日は日の出が七時三二分だから一時間以上経たないと明るくならない。明るくなってくるとなんとなくうれしい。今まで働いているときは感じなかったことだ。

今日は退院の日だ。歩けるようになって奇異に感じたのは、アメリカの一般の家やホテルと同じように病室にもスリッパがなく、履かされた厚手の靴下でトイレや廊下を歩き、そのまま布団の中に入ることである。院内感染を極端におそれ、病院より自宅の方がはるかに清潔だからと早めに退院させる考え方と矛盾している。衛生観念が日本人と異なるのだろうが、この不衛生さが不愉快で、早く家に帰りたいなと思い始めたところだった。

チキンのまわりにとうもろこしがころがっているいつもの大雑把な昼食を終えて、いよいよ退院となった。回診に来たティッチワース先生は

「右冠動脈がふたたび塞がらぬよう三・五ミリ×一八ミリのステントを入れてあるが、再狭窄のおそれは三分の一ある。もし胸痛を感じたり、息苦しくなったり、心臓がどきどきしたら二

トログリセリン錠を舌の下に入れるように」

と言い残して出て行った。

代ってレベッカが退院指示書を持ってきて、病名、治療法、先刻ティッチワース先生が言っていた退院後の注意、次は二週間後に来ること、処方箋を兼ねた薬品名（毎朝貼って就寝前にはがすニトロドゥア、血栓予防用のアスピリン、コレステロールを下げるリピトール、そのほかビタミンE、プラヴィックス、フォリック酸）などを記入し、自分がサインしたあと私にもサインを求めた。彼女に私と妻が握手し、にっこりする彼女にお礼を言って別れた。

迎えに来てくれた村崎君とともに、身の回り品を持って地下の駐車場に降り、彼の運転してくれるくるまで聖フランシス病院をあとにした。振り返ると八階建ての白亜の建物がまぶしかった。USスティール本社の真黒な鉄の高層ビル、世界最大のガラス会社PPG本社の総ガラス製の高層ビルなどを左右に見ながらダウンタウンを抜け、マウント・ワシントンの下を走って約二㎞のリバティ・トンネルを出ると郊外の風景に一変する。いつも走りなれている五一号線であり、わずか一週間見ていないだけだが、目にはとても新鮮に映った。

アパートに帰り、自分の八二五号室に入ると、一週間前空港にむかったときのままのたたずまいだった。

翌朝、前日の処方箋にしたがって薬を買おうと、近くのスーパーマーケット、ジャイアントイーグルの中にある薬局へ妻に付き添われて行ったところ、病院からファックスが送られていて、すでに薬が用意されていた。それぞれの薬には「リフィル（再充填）〇〇回まで」と記入されていて、その後いちいち処方箋を持って行かなくてもその薬を継続するかぎり売ってくれるようになっていた。病院の費用の請求書は保険会社へ転送したが、薬は私が一旦支払った。しかし保険会社から病院を通じてこの薬局に連絡があり、薬の領収書を保険会社に送ればあとで小切手を送ると言っていたと薬局のおじさんが言う。半信半疑でニューヨークへ電話して確かめたら、その通りだとのことだった。

午後、思いがけず技術ライセンス先で全米最大のウレタンフォーム（自動車のシートやマットレスの材料）メーカーの筆頭副社長をしているワトソン氏から見舞いの電話があった。無理をせず十分に休養するようとのあたたかいことばがありがたかった。この人とはビジネス面で長い信頼関係を結んでいるが、プライベートな面でも彼の好きなワーグナーの音楽をともに聴いたりする仲だった。

その後、合弁会社のピッツバーグ工場一同からかごに植わった美しい花が送られてきた。

夜、日本本社の関係者と電話した。そのうちの中村瑞一さんが
「万歩計を送りますよ」
と言ってくれた。医者に歩け歩けと言われているものの、外は氷点下の世界でとても出られないので、アパートの廊下を八階から一階まで毎日少しずつ距離を伸ばして歩いたり、近くのショッピングモールへ自動車で行きその広大な構内を歩いたとき、いつもその万歩計を腰につけて愛用した。
アパートの廊下を歩くと、それぞれの住人がへやのドアに季節にふさわしい花のリースを飾っていた。三月中旬のセント・パトリックデイ（アイルランド系アメリカ人の祭。全米に広がっている）をひかえ、三つ葉のクローバーがドアごとに工夫をこらして掛けてあった。
翌朝、ウォーキングをかね、家賃の八八〇ドルの小切手を持って事務室へ行くと、マーサとエレーヌが
「もう退院してきたのか。ウエルカムバック！」
と抱きついてきた。マーサは生まれてこのかたピッツバーグを出たことがないというおばさんで、早口でなまりのきついピッツバーグ弁を話すので、ふだんはよくわからないまま会話して

いるのだが、今日はことばは不要だった。エレーヌはいつも笑顔の絶えないふくよかなおねえさんで、週に一回パーティルームに住人のおばあさんやおばさんを集めてリースの作り方を教えていた。妻も楽しみにして参加していた。

万一再発して急死したらいけない、二七歳の息子に遺言をしておかねばとふと思い立ち、日本へ電話した。一一月に結婚するが、相手も日本航空の客室乗務員として働いているので、こどもはつくらないかも知れないとかねて言っていたのが心にひっかかっていた。

「こどもは必ずつくれよ。それも早ければ早いほどいい。こどもは人生を豊かにしてくれるものだ」

と電話して切ったが、それだけでは足らず、さらに手紙に

「万一のときは俺の死顔を見に来い。しかるのち茶毘に付して帰国し、今までお世話になった方々に来ていただいて感謝の会をやってくれ。葬儀は不要だ」

と書いて送った。

その翌日、日本本社の筧哲男社長から電話がかかってきた。

「そろそろ二年になるのを機に帰ってこないか」

と言われ、次のような会話になった。

「いや、約束の三年はきっちり仕事をしますよ。医者からドクターストップがかかったのならやむを得ませんが、医者は逆に早く社会復帰して今まで通りの生活に戻るのが心臓には最もよいと言っています」

「だけど今度再発したらいのちがないぞ」

「ニトログリセリンなどの薬を持たされていますから、それは大丈夫です」

「俺もなあ、君に悪いことをしたなと思うのは、六十になってくるまを習わせて運動不足にしたことだ」

「それはたしかにある。心臓病の原因としてストレス、たばこ、食事、運動不足などが挙げられますが、思い当たるのは、どこへ行くのも自動車が唯一の手段なので知らず識らず運動不足になっていることです。しかしアメリカの心臓病治療は世界最高と言われていますから、ピッツバーグにいる方がむしろ安心です」

「たしかに医療技術は高いわな。それに日本ではこないだの横浜の病院みたいに患者を取り違えて手術したりするからなあ」

「私の場合は、医者も心臓病としては最も軽いレベルだと言っていますし、来月から一日四時間出社、四月からはフルタイムOKと言っていますからご心配なく」

「奥さんの意見も聞かせてくれよ」

ということになって妻に電話を渡すと、妻は
「お聞きのように頑固で困ります」

などとしゃべっている。たしかに社長も頑固さにてこずっただろう。

「今月末にもう一回電話するからよく考えておいてくれ」

と言って電話を切った。

一ヵ月後、結局もう一年続投することになった。しかしこの頑固さがのちにあだとなった。


その後は約束どおり二週間後にラダーニ先生の診察を受けたが、極めて順調とのことで、目に見えて体調は回復していった。ラダーニ先生の定期診断もそのあとは三カ月に一回となり、四月からはアメリカ国内の出張を再開、五月には日本への出張も行なった。心臓のことなど忘れるようになった。

**（巻末の解説、田中寿英医師の「コメント1」参照）**

# 2

# 心臓が止まった、生き返った

2000. 8．18～8．27

UPMC（ピッツバーグ大学医療センター）

マーシー病院

ピッツバーグ

二〇〇〇年八月一八日、朝からの雨の中、妻の運転でダウンタウンの一角にあるＵＰＭＣ（ピッツバーグ大学医療センター）の検査センターへむかっていた。前夜息子から
「日本時間の夜中〇時五二分無事男の子が生まれました。これでお父さんもおじいちゃんだ」

と電話がかかってきた。

「そりゃよかったね。おめでとう。両親の誕生日の真ん中に生まれてくるとは親孝行なこどもだな（息子がこの日八月一八日生まれ、お嫁さんが八月二二日生まれ）」

と交したことばが頭の中を駆けめぐり、うれしい気分だった。その一方で先日来今までにない症状があって、この日受ける検査の結果が少し気になっていた。


急性心筋梗塞を起こしピッツバーグ空港で倒れてから一年半、続投することになった一年はとっくに過ぎていた。その間に合弁会社のパートナーがこの事業を売却するため合弁会社からも撤退したいと言ってきた。そこでできるだけ有利に私たち現地法人の一〇〇％子会社にするための買収交渉、そのためのデューデリジェンス（資産評価）などで多忙になっていた。ところが八月に入って妙な頭痛がし始め、妻の肩もみによって軽減したものの八日の夜急に息苦しくなり脈が乱れ始めた。ソファにもたれていたがどうしてもよくならないので、伝家の宝刀の

ニトログリセリンをのむことにした。前年の一月に投薬されたまま使わずに持っていたものだ。一錠を舌の下に入れると甘い味がしてたちまち溶ける。すぐ息苦しさが消えた。五分おきにさらに二錠のんだが、脈の乱れは治らなかった。

翌朝、その不整脈は止まっていた。気分も悪くなかったが尋常ではないと感じ、すぐ聖フランシス病院に電話して一六日のラダーニ先生のアポイントメントを取った。

同時に、次の週会社の夏休みを利用して行く予定だったオーストリアのザルツブルグ音楽祭のフライトやホテル、チケットをすべてキャンセルした。カリエスを一二年間患った少年時代、心を癒してくれてすっかりモーツアルトにはまっている私は、アメリカから大西洋をわずか七時間飛んで行けるモーツアルトの生地・ザルツブルグへ前々年の夏初めて行き、ウィーンフィルハーモニーや六重奏団、カメラータ・アカデミカなどの名演奏を聴き病みつきになっていた。しかし、からだが一番とすぐキャンセルを決断した。

一六日の午後、私が運転して聖フランシス病院へ行った。驚いたことに病院はがらんとしていて人影がない。どうしたのかと看護婦のアンに訊くと、実はこの病院は倒産してホテルに売られるのだという。アメリカでの買収ビジネスにはなれている私も、ホテルが病院を買収するとはと二の句が継げなかった。

ラダーニ先生は温顔を崩さず、いつものように問診と聴診、打診、それに足の触診をしたあと、この病院からはもう検査設備が撤去されたので、UPMCの検査設備を使ってストレステスト（運動負荷検査）をやってみようと言った。

一八日、昼前にUPMCに入り、待合室へ行く妻と別れて受付に来ると、ぽつんと一人いたおばさんが「いかなることが起こっても文句は言いません」という趣旨の誓約書にサインせよと言う。

サインして検査室に入ると、看護婦に
「万一何かが起こっても救急態勢は整っているし、ラダーニ先生も立会っているから安心して受けてください」

と言われてトレッドミル（ランニングベルト）に乗った。心電図につながれたままトレッドミルの上でいろいろな速度で走ったり、角度の変化に応じて駆け上がったり駆け下りたりした。いつの間にやらラダーニ先生が来て心電図を見守っていた。一年ほど前このテストを受けた際、途中で少し息苦しくなり気が遠くなりかけたものだが、今回はそんなこともなく終了した。

「この結果は来週電話で知らせるよ」と言って握手し去って行く先生のうしろ姿を見ながら、傍らにあったチェアに腰をおろした。

そこから私の意識はぷっつん切れている。

「おとうさん、大丈夫よ」

と叫ぶ妻の声でわれに返ったのはそれからどのくらい経っていたのか。ざわざわとして、大勢の医師や看護婦が必死の救命作業をしてくれているらしいと気づき、えらいことになっているようだなとの意識がよぎった。

あとでラダーニ先生が説明してくれたところによると、心室細動（心室が一分間に三〇〇回以上細かく震える致命的な不整脈）によって心停止を起こしほとんど死んでいたのだが、病院の中だったのが幸いし電気ショックで蘇生させたという。病院の外で心室細動を起こすと一〇〇％助からないとも言った。突然意識を失って前のめりに倒れたらしく、左のこめかみに大きなたんこぶをつくり、めがねが壊れていた。

救急車に乗せられすぐ近くの別の病院に運ばれた。検査センターだから入院できないのかと考えていた。手術室に入れられると

「私はドクター・ブッサムラです。友人のドクター・ラダーニの依頼でカテーテルを入れます」と医師が言った。一年半前と同じく右太腿付り根付近を剃毛し局部麻酔の注射をしカテーテルを入れた。

ふと目が覚めると、さっきのブッサムラ先生が横にいて、

「カテーテルを入れたけれども、左の冠動脈の一本は完全に塞がっていて貫通させることができなかった。現時点での最良の方策はバイパス手術をすることです」

と言う。

集中治療室に入れられると、妻と、村崎君の後任として赴任した岡田英治君がいた。点滴、心電図、酸素マスクなどを付けられたうえ、カテーテルを入れた右足は夜中まで動かすなと言われがんじがらめの状態だった。岡田君には先に帰ってもらい、妻も夜帰って行った。

熟睡して、翌朝検温、血圧測定、採血、投薬などで忙しく出入りする医師や看護婦に起こされた。その中でやってきたドクター・ディマルコと名乗り、「心臓血管・胸部外科医」と記された名刺をくれた医師が、バイパス手術の必要性について

「昨日のドクター・ブッサムラの意見は正しいかも知れないが、私は反対だ。ドクター・ドッ

シ（前年の一月二五日にカテーテルを入れてくれた医師らしい）も私と同じ意見だ」と言って去った。

ここは一体どこの病院かと妻にきいたら、聖フランシス病院の近くで、モノンガエラ川に面したマーシー病院と言うところだと教えてくれた。のちに回復し廊下を歩けるようになって外を見ると、なるほど聖フランシス病院の白い建物が見えていた。聖フランシス病院は倒産しても、医師は別のところに事務所を持って派出婦のようにあちこちの病院に顔を出しているから、ほとんどそっくりマーシー病院に移って来たようだ。

妻によると、夜、本社の筧社長から電話があり
「長い間よくやってもらいました。いい後任を送りますから」

と言っていたそうだ。頑固な私も今度は観念した。

二〇日朝、やって来たラダーニ先生は
「ドクター・ブッサムラは前回の経緯を知らないからバイパス手術が必要と言ったのだろうが、現状は三本の冠動脈のうち右冠動脈は二〇％塞がっているもののステントは健在で問題はなく、左冠動脈の一本は一〇〇％ＯＫであり、あとの一本の前下行枝はほとんど塞がっているけれども血液はほかの二本や細かい枝の血管で循環するから大丈夫だ」

と言う。このあたりの会話になると専門用語が多くてからくも理解しているありさま。家から妻に辞書を持って来させて医師の言うことばを必死に追いかけているが、間違って理解しているところもあったかも知れない。

午後集中治療室を出て、九階の一般病棟に移った。立派な個室で、窓の外は真青な空がひろがっている。二日間見なかっただけなのに久しぶりの外界のような気がした。病室内は歩くことが許されたので、夕方くるまで帰る妻を窓から見送っていると、駐車場から出て私の病室が見えるところに来ると彼女は停車し、ちょっと合図をして去って行った。

翌二一日、ICD（埋め込み式除細動器）の専門家というふれこみで、声の大きな威勢のよいドクター・プラッシャーという医師が入ってきた。私に名刺を渡したあと

「あなたの心臓の機能は普通の人が六〇くらいなのに対し約半分の三五しかない。再発したときのために辞書の半分くらいの大きさのディバイス（ICD）を左の肩から筋肉と皮膚の間に入れたい」

と言う。そのあたりまではわかったが、さらに私の病状とICDの効能について早口でまくしたてるのと連発する専門用語について行けず、とうとう降参した。彼は通訳を入れようと一旦

去った。そうまでしてでもいわゆるインフォームド・コンセント（説明と同意）を徹底させようということらしい。

夕方、彼は出直してきて、電話のむこうに通訳の女性がいるから安心せよと言う。彼が電話に話すと、受話器を受け取った私にその女性が日本語に直してくれ、私が質問すると、受話器を受け取った彼に女性は英語に直してくれるといったあんばいだ。

「あなたは一体どこにいるのですか」

と女性に聞くと

「アリゾナです」

というからびっくりした。彼女の通訳によるドクター・プラッシャーの話は次のような内容だった。

① 一八日のストレステストのあと心室細動による心停止を起こした。冠動脈にカテーテルとバルーン（風船）を入れたが失敗した。

② 心停止を起こしたのは深刻な問題だ。再発したときのためにＩＣＤを入れたい。ワイヤを心臓の静脈につなぐので、もし心拍数が速くなって心停止を起こしたらそれを感知し強烈な電流を流して止まっている心臓を動かす。ただしＩＣＤは心筋を強くすることはでき

ないし、血管をひろげることもできない。

③　ＩＣＤを入れることによる死亡率は千分の一で、高速道路での死亡率より低い。死には至らぬまでも気胸を起こす確率が〇・五％あり、その場合は胸にチューブを入れなければならない。心臓のまわりに血液がたまる確率が〇・五％ある。その場合は針を入れて血液を抽出するか胸を開く手術をする。また〇・五％の確率で炎症を起こすこともある。副作用を起こす確率も一・五％ある。しかしメリットはデメリットの何百倍もある。

④　明後日ＩＣＤを入れるが、その前に明日ＥＰ（電気生理）スタディを行なう。心臓を刺激して心室細動が再現するかどうかをチェックする。ただし医師団の中にはバイパス手術も同時にすべきだとの意見もあり、明口心臓外科医が判断する。もし同時にする場合はまずバイパス手術を行ない、次いでＥＰスタディを行ないＩＣＤを入れる。

プラッシャー先生と入れ代りに、経理担当のナンシーだと名乗るおばさんがやって来て、とりあえずの入院費として即刻一六、五三六ドル〇一セントを支払えという。そんな無茶なと言うと、支払えないなら即刻退院してくれと言う。この脅迫には参って、やむなく一六、五三六ドル〇一セントの小切手を切っておばさんに手渡すと、掌を返したようににこにこして出て行った。あとでだんだんわかってきたことだが、アメリカには健康保険制度がないから民間の保険に加入して病気やけがに備えるが、貧富の差の大きいこの国には民間の保険に入れない貧困層が六、七人に一人はいる。のちに通院するようになって受付を見ていると、保険で支払えない人に対して、それでは現金で支払えるかと訊き、ノーであれば診察を拒否する。日本でこんなことをしたら大問題になるところだろうが、アメリカではそれが当たり前で、だれもふしぎに思わない。

外来だけでなく入院してからも同様で、手術の前に当面の支払いを請求し、支払えなければ手術をしない。世界最高の医療水準を誇りながらその恩恵に浴せない人びとが大勢いる。

おまけに、アメリカではその民間保険会社の力が強い。保険金支払いをできるだけ抑えるために病院にできるだけ早く患者を退院させるよう圧力をかける。病院側にも院内感染を恐れるという事情はあるが、大きな手術をしても一週間たらずで退院させてしまう。アメリカの医療業界は保険業界に牛耳られていると言っても過言ではない。日本の国民皆保険制度のありがたさをあらためて認識した。私の莫大な医療費も、さきの海外駐在者保険では同一の病気、けがについて半年で保険金給付を打ち切られるので、以後は日本本社の健康保険組合に給付申請したが、私が一旦支払った額のうちわずかな自己負担分を除きすべてきちんとカバーしてくれた。

アメリカの現状を知る者として心から感謝していた。
　翌二二日の朝、もしバイパス手術をするのなら、ＩＣＤ埋め込みの場合とちがって死ぬかも知れないなと考え、ひそかに妻と息子、そのお嫁さんの三人に遺書と感謝のことばをしたためた。
　やがてドクター・コルプスという初めての医師が入ってきた。いろいろな医師が来るので混乱するが、この人はラダーニ先生と同系らしい。あらためて私の心臓の現状を説明し
「当面の選択肢は
①　バイパス手術とＩＣＤ埋め込み
②　バイパス手術は行なわず、薬物療法とＩＣＤ埋め込み
のどちらかである。私とドクター・ラダーニはバイパス手術不要と考えており、②でいこうと思う」

と言い残して行った。正直なところほっとした。

　妻はいつものように午前中やってきたが一旦帰り、ＥＰスタディに立ち会うため、岡田君と

ともに午後三時にふたたび現れた。五時開始の予定だったEPスタディはなかなか始まらず、夜七時半になって準備室に運ばれた。七時半に手術室に入り、眠り薬か局部麻酔かわからない注射を受け、たちまち眠りに入った。

ふと目が覚めると、手術室の大きな時計が夜の九時五〇分を指していた。九階の病室に戻されると妻と岡田君が待っていた。手術ではないので元気な顔をしている私を見て、二人は安心して帰って行った。

翌二三日の朝、妻が来ると間もなくドッシ先生が入ってきて、

「昨日のEPスタディで不正規な心臓の動きを再現してみたら、やはり一八日と同じ現象が再発した。よってICDの埋め込みは必要」

と言い、ポータブルのビデオを持ち込んで、ICDについての説明を見るようにと言い残して去った。妻とともに見たその内容は、ICDのメカニズムを説明したあと

① 心室細動は日常静かに会話しているときでも突然起こるのでICDは必要

② ICDのバッテリーは耐用期間の五―一〇年ごとに替えなければならない。同じ左胸に入れ替えるだけなので一晩入院するか日帰りでできる

③　携帯電話は六インチ（約一五㎝）離せばよい
④　空港のセキュリティ・チェックでもしアラームが鳴ったら、直ちにその場を離れボディチェックをしてもらえ

というようなことだった。

さらにプラッシャー先生も入ってきて、ＩＣＤについての詳しい冊子を手渡しながら、質問があれば遠慮なく訊いてくれと言う。日本語版も日本からフェデックス（アメリカの宅配便）で取り寄せると言い、翌々日には手渡してくれた。日本でもすでに健康保険使用が認められ実用化されていることを知った。


昼すぎ、久しぶりにラダーニ先生の回診があった。この人の顔をみると心安らぐ。つづいて、ロシア人の麻酔医ドクター・アレクサンダー・バンコフと名乗る愉快な医師が入ってきた。ジョークを飛ばしながら次のように真面目な話をする。

「ＩＣＤ埋め込み手術に先立ち、左腕と左手首に眠り薬を注射し、そのあと執刀医の指示で局部麻酔をする。全身麻酔をすると自分で呼吸してくれないから心臓や肺に酸素が行き届かない。それに大手術でなく、胸をちょっとカットしてディバイスを挿入するだけだから全身麻酔にし

ないのだ」

とのことであった。

「とにかく運動せよ」と言われて、年配の看護婦に付き添われながら九階の廊下を一巡した。なるほどモノンガエラ川に面していることがわかった。

二四日、いよいよＩＣＤ埋め込みの日だ。八時半、立会いのため妻と岡田君がやって来た。間もなくストレッチャーに移しかえられ、病室から手術室に搬送された。手術室の手前でバンコマイシンを打つと聞いた岡田君が

「きつい抗生物質を使うんですねえ」

と驚いていた。

まず準備室に入れられ、左腕へのバンコマイシンの点滴が始まった。ところが点滴している周辺が赤く腫れて熱を持ち始めた。手術室に移ると年配の看護婦は首をかしげ、点滴を抜いて右腕に移しかえた。そのうち口の中が熱くなり、頭がかっかするうえ寒くてふるえがくるので彼女に訴えた。検温すると九九・一度Ｆ（三七・三度Ｃ）あり、平熱より高いということもあって手術は中止となった。

手術室を出て病室に帰ると背広姿のプラッシャー先生が
「バンコマイシンが原因だと思うけれど、よく調べて明日か月曜日にもう一度トライする」
と言い残して行った。
若い医師が既往症を聞きに来て、そのあと
「前立腺が悪いのかも知れない」
と肛門から指を突っ込んだが
「やわらかいから問題ない」
と言って去った。ドクター・ベコウと名乗る黒人の医師やドッシ先生も回診に来る。
午後、「ピッツバーグ感染症医師団」との名刺を見せながら、ドクター・ルミッシュと名乗る医師ほか四人が
「明日の手術にはバンコマイシンやペニシリンの代りにセファゾリンを用いる」
と言う。
ドクター・ベコウがふたたび入ってきて
「明日の手術は私がＩＣＤを入れる」
と宣言した。

夕方には気分がよくなって、恩師・佐野利勝先生の翻訳された往年の名ピアニスト、エドウィン・フィッシャーの「音楽を愛する友へ」を読んでいた。技巧に走らず心を大切にというフィッシャーのことばが身に沁みた。

二五日朝、血圧一〇〇と六四、体重一三〇・八ポンド（五九・四kg）、体温九八・八度F（三七・一度C）という結果から、昨日の看護婦が

「今日手術を決行する。ドクター・ベコウが執刀するが、昨日トラブルがあったので特別にドクター・プラッシャーがアテンドする」

と言い、特別待遇だということをしきりに強調した。

午後一時、妻、岡田君に付き添われ準備室へ搬送された。ここで二人は退出を命じられている。一時半隣の手術室へ移され、すぐ眠り薬を打たれた。ドクター・ベコウの黒い顔が見えたような気がした。

ふと気がついて壁に掛かる時計を見ると四時。まだ手術室だが手術は終わったらしく、看護婦が出たり入ったりしているだけだ。やがて隣の準備室に移され、そこでさらに一時間あまり滞留させられた。

五時五〇分病室に帰り、妻や岡田君と再会した。岡田君がプラッシャー先生から聴取したメモを手渡してくれたが、内容は今までに聞いたものとほぼ同じだった。

夜八時、ふたりは安心して去って行った。

二六日、朝八時半に妻がやって来た。相変らずくるまで通っている。私はふだんの気分に戻ったので、沢村貞子の「老いの楽しみ」を読んでいた。引退後の生活を淡々と書いているその心境に共感する年齢に私も近づいており、深い感銘を覚えていた。彼女はこの本を書いて三年後誰にも看取られず独りで亡くなっていたそうで、往年の名演技を思い出していた。

午後ラダーニ先生が回診に来て、

① ICDの埋め込みは成功したので明日退院する。退院後薬物療法を続ける

② 三週間後定期診断に来て、以後は三カ月に一回来ること。プラッシャー先生のところへも三カ月ごとにICDのフォローに行くこと

③ 歩行運動を第一週は一日五分、以後一週ごとに五分ずつ増やして第四週には一日二〇分にすること

④ 一〇日後からくるまの運転はOK。仕事には二、三週間後に復帰してよい

と言ってくれた。

そのあと岡田君が奥さんとかわいい二歳の女の子みずきちゃんを伴って見舞いに来てくれた。合弁会社の従業員の人たち、アパートの人たち、それに日本本社からも花束や見舞いのカードがどっさり送られてきた。


八月二七日、いよいよ退院の日。朝九時すぎ目が覚めると妻がもう傍らのソファに腰掛けていた。ドクター・ベコウとラダーニ先生が相次いで回診に来た。ラダーニ先生は次は九月一三日に来いと言う。シャワーや洗髪は胸の傷口をプラスチックでカバーして翌々日からしてよいとも言っていた。

ランチを食べたあと看護婦が退院指示書を持ってきて、読むとサインさせられた。暫く運転してはいけません、重いものを持ってはいけません、医師の許可が出るまでは運動してはいけません、もし胸痛や多汗があったら電話しなさい、薬はニトロドゥア、アスピリン、リピトール、ロプレソール、フォリック酸、非常用のニトログリセリンです、などといろいろ書かれている。

妻のくるまに九日ぶりに乗り、マーシー病院をあとにした。とても九日ぶりとは思えず、一カ月も外界にご無沙汰していたような気分だった。途中、自宅近くのスーパー、ジャイアントイーグルの薬局に立ち寄り退院指示書にあった薬を受け取った。例によって病院から処方箋がファックスされていて、薬はすでに用意されていた。

心室細動による心停止で危うく死んで帰るところだったアパートの自宅に入ると、九日前に出たときのままだった。

●妻の記●

心筋梗塞を起こしステントを入れてから一年半が経った八月初め、今まで経験したことのない頭痛がすると主人が言い出した。もともと肩凝りから来る頭痛をよく訴えていたので、今までのように一生懸命肩を揉んだ。痛みが少し軽くなったと聞き、こんなことでも効くのかとうれしかった。

とりあえずラダーニ先生に診ていただき、八月一八日ストレステストを受けることになった。聖フランシス病院が倒産してしまったので、当日別の検査センターへ行った。往きのくるまを運転しながら、あまり頑張ってトレッドミルの上を走らぬよう主人に注意した。何でも頑張る性格だからだ。

　ストレステストの部屋へ入ることは許されず、一時間ですむから外で待つよう言われた。ところが一時間をすぎても主人は出て来ない。今か今かと出口を見ていたが、あとから入った人ばかり出て来る。また何かあったのではないかと不安だったが、話し好きの主人のことだから誰かとおしゃべりしているのではないかと思いたかった。

　そこへブルーの看護服を着た背の高い三人の男性が急ぎ足で入って行った。やはり何かあったのだと思ったが何をすることもできず、ほぼ同時期に亡くなった主人の母と私の父にただただ祈るばかりだった。もう一度彼の笑顔と声に接したいと強く願った。

　一人のナースが近づいてきて、中へ入るようにと言った。恐ろしかったが言われる通り進むと、目の前に頭を高くしてベッドに寝かされ、眼をつむったまま酸素吸入器を口にあてられ、はあはあと苦しそうにしている主人を見た。ラダーニ先生を探し、いのちは大丈夫かとそれだけを訊いた。先生は「ＯＫ」と言った。それだけで十分だった。急に元気が出た。

　彼の足をさすりながら
「おとうさん、大丈夫だよ。少し頑張りすぎたね」

と大声で叫んだ。そのとき主人の目が小さく開いた。呼吸が荒いので耳もとで
「鼻から大きく吸って、口から大きく吐いて。吸って、吐いて」
とささやくと、呼吸の乱れが少なくなり、意識がはっきりし始め、目もしっかりしてきた。

あとでわかったのだが、トレッドミルを走り終え、やれやれと腰をおろしたとたん意識を失い、前のめりに倒れ呼吸が止まったのだそうだ。場所が病院だったのが幸いして三〇分もかけて蘇生させていただいたのだ。

ナースがコーヒーは要るか、家族はいるかなどと訊いてきたので、家族は息子夫婦が日本にいると答えているうちに、これからマーシー病院へ移るが所在地を知っているかと訊かれた。知らないと答えると、ナースは私の運転するくるまに同乗しマーシー病院まで案内してくれた。救急患者用の駐車場にくるまを停め、ナースのあとをついて行くと、待合室で待つようにと言われた。

一人で待っていると、会社の岡田さんがひょっこり来られたのでびっくりした。夏休み中なので知らさなかったのだが、岡田さんはラダーニ先生に呼び出されたと、私以上にびっくりしていた。ナースが出てきて、今先生方がこれからどうするか相談中だと教

えてくれた。ラダーニ先生には引続き診ていただけそうだと聞いて安心した。

以後毎日くるまでマーシー病院に通った。私まで事故を起こしたら会社に迷惑をかけると思い、運転には十分注意した。病院では先生方がバイパス手術をするかＩＣＤを入れるか数日間協議しておられたようだが、結局ＩＣＤ埋め込みに決まった。

すぐＩＣＤについてのビデオを見せられた。突然倒れた患者の例をいくつも説明していた。

私たち二人はいろいろな思いで見ていたと思う。説明を聞くと、バイパス手術は恐ろしいのでＩＣＤの方がいいかなと感じていた。ビデオの最後で、若いお嬢さんが友人と静かにお茶を飲んでいる最中急に倒れ、ＩＣＤを入れたという例が出てきた。心室細動は静かにしていても、いつでもどこでもなんの前ぶれもなく起こると知って、ＩＣＤは必要だと確信した。主人も同じように思ったようだ。

ＩＣＤを入れる日がやってきた。病院の建物の中央に礼拝堂があり、マリア像がほほえんでいた。主人の病室にむかう廊下から見ると、いつも誰かがお祈りしていた。

手術に先立ってバンコマイシンを打ったところ、からだがかーっと熱くなり、腕が赤く腫れてきたということで手術は中止になった。次の日、別の抗生物質をうち手術は始まった。成功率は九九％と聞いていたので安心はしていたが、いざ始まってみると、残りの一％だったらどうしようとの考えが頭の中をかすめていた。幸い、待合室で岡田さんとこどもの話やアメリカの食事の話などをして心が救われた。

やがて手術は成功裏に終わったと聞いてやはりうれしく、思わず岡田さんと握手した。先生からさまざまな術後の注意を聞いたあと病室に戻った。早速病院の廊下を主人と二人五分、一〇分と歩きながら、生きていることのうれしさをしみじみ感じ、本当によかったと話し合い、こんなことはもうこれで最後になってほしいと思った。

退院の翌日、電話で本社の筧社長に退院の報告をすると、俄かに日本との電話が行き来し始め、たちまち娑婆の空気に引き戻された。

この日、高校時代の友人で心臓専門医である田中寿英先生に電話した。一年半前心筋梗塞で倒れステントを入れて退院したとき、退院指示書ともらった心臓の写真を郵送してコメントを求めたところ、折り返し長い国際電話をかけてきてくれて、ラダーニ先生の説明よりもよくわかる病気の説明や今後の注意点などを話したあと、

「アメリカのような救急態勢が完璧のところで倒れたのは不幸中の幸いだった。治療水準の高いアメリカにとどまっているべきで、絶対に日本へ帰ってきてはならない」

とアドバイスしてくれたものだ。

この親切を思い出し、今回ふたたび電話してコメントを求めた。彼は
「ICDを入れる前に電話してほしかった。自分がピッツバーグの医師と話し合えたのではないか。バイパス手術は受けておいた方がよかったのではないか」

と言った。病院から国際電話はかけられないとはいえ、なるほどこれはしくじったかなと感じた。事実このあとほどなく、彼の懸念したとおりの展開となり、その目の確かさに敬服した。頼りになる友人を持った幸せを感じながら、このあと彼の示す道を進んで行くことになる。

一〇日ほど経って九月七日、看護婦のエレーヌから、ICDのフォローアップテストを明朝八時半にするから出て来いとの電話がかかってきた。えらく早いお呼びだなと思いながら翌朝妻の運転でマーシー病院へむかった。呼ばれて簡単な問診と採血があり、準備室で病衣一枚に

着替え、妻と別れて手術室に入った。エレーヌともう一人の看護婦が忙しげに準備していた。入ってきたプラッシャー先生と握手したあと眠り薬を注射され、たちまち眠ってしまった。

目が覚めると準備室にいて、時計は一時間半後の一時一〇分を指していた。プラッシャー先生はＩＣＤは特に問題ないと言い、時々心臓が踊って息苦しくなると訴えると、次回一一月にもそれが続いているようならＩＣＤを調整してみようと言っていた。くるまの運転については、ラダーニ先生は一〇日後からＯＫと言っていたのに、万一細動を起こした際の電気ショックが大きくて危険なので半年間不可とのこと。ショックだった。九月末職場に復帰してからも出社、退社のたびに妻の運転に頼らざるをえず、不便極まりないことになった。

この日、あの経理のこわいおばさん、ナンシーからも呼び出しが来ていたので、事務室へ行くと、いきなり今回の入院費だと六六、〇二〇ドル五三セントの請求書を示した。こんな大金は今支払えないというと、日本の健康保険組合から給付されるまで待つという。この前ナンシーに脅迫されて一六、五三六ドル〇一セントを小切手で支払ったので信用ができたらしい。

彼女は妙な親切心を発揮して、このほかにもどこからどんな請求が来るのかあちこちに電話してきいてくれた。結局はそれだけでなくその後も、例によって私を診察した多くの医師の事務所からおびただしい請求書が来る。前回の入院のとき懲りたので、私は回診や手術のたびに

**健保組合に申請した医療費明細（単位ドル）**

| | |
|---|---|
| マーシー病院へ | 66,020.53 |
| Dr.プラッシャーおよびベコウの手術代 | 9,135.00 |
| ＵＰＭＣへの救急費用 | 3,937.25 |
| Dr.ラダーニ、ドッシ、コルプス、ティッチワース診察代 | 1,430.00 |
| マーシー病院への追加支払い | 1,212.17 |
| 麻酔医へ | 1,140.00 |
| 検査センターからマーシー病院への救急車 | 649.00 |
| その他 | 549.40 |
| 合　計 | 84,073.35 |

注・マーシー病院への支払いの内ＩＣＤは24,547.60ドル。また、マーシー病院への支払いの中には小切手で支払った16,536.01ドルが含まれている。

メモしておいたので照合することができたが、医師はしっかりしていても事務員がいい加減な場合があり、時々電話して修正させた。

会社の健保組合に多大な負担をかけるので、恐縮しながら申請したのは上のとおりだ。

この中で、細かいことだが日本とちがうのは救急車が有料ということだ。のちに九一一番（日本では戦後進駐軍の指示でこれを逆さにして一一九番にしたという説がある）に電話して何度も救急車を呼んだが、その都度一、〇〇〇ドル近い請求書が来た。

次の週の九月一三日、ラダーニ先生の診察を受けた。マーシー病院でなく聖フランシス病院へ来

いという指定だ。目の青いかわいい看護婦が
「こないだマーシーへ行ったらあなたがいるのでびっくりした。何かあったのか」
ときくので、かくかくしかじか事の顛末を話してきかせる。問診、聴診、打診、触診といつもの予診をしてくれたが、診察室に入るとラダーニ先生も同じことをする。先生は心臓がよく踊るという私の訴えに対し、ホルター心電計（二四時間心臓の動きを追跡して心電図に記録する）を付けてみようと言う。その足でマーシー病院へ移動し、からだ中にホルター心電計の機器とコードを巻きつけられ、人造人間のような姿で帰宅した。

翌日そのままの姿でマーシー病院へ行き、ホルターを外してもらいほっとした。病院二階の食堂でジュースを飲み一服してから帰途についた。その翌日ラダーニ先生から電話があり、問題なかったとのこと。安心して私はテレビでシドニー・オリンピックの開会式を観ていた。

九月二五日、一ヵ月余ぶりに出社した。当時さまざまなプロジェクトが同時進行しており、それらを進めるための電話会議を日本本社とよく行なった。プロジェクトごとに本社のメンバーは変わるが、当方は私ばかりなので疲れる。しかも一三時間の時差があるため、本社が午前

八時からと決めるとこちらは夜七時からになる。こちらが朝八時からと決めると日本は夜九時からとなる。職場復帰したばかりで出社、退社が朝早く夜おそいのはたまらないので、自宅の電話で行なった。アメリカ国内でも合弁会社のパートナーがいるウィルミントンと電話会議したり、技術ライセンス先と電話会議したりした。アメリカのビジネスは電話、ことにヴォイスメールが主になる。電話して相手が不在でも用件を吹き込んでおくと、それをきいた相手が返事してくる。そのときこちらが不在でも当方の電話に返事を入れてくれている。双方不在でも支障なくことは進んで行く。ヴォイスメールは会社へ行かなくても、自宅からでも出張先からでも会社の自分の電話にかけて相手の声の録音をきくことができる。最近日本でも携帯電話などを中心にこういうことが行なわれているようだが。そのほか毎月ＩＲＳ（内国歳入庁。日本の税務署と社会保険庁を一緒にしたような役所）へ法人税や従業員の所得税、社会保険料などをプッシュボタン電話で納税していた。

同時進行していた多くのプロジェクトのうち、合弁会社のパートナーからその持分を買収する事業はいよいよ佳境に入り、かなりの時間を費やしていた。後任者は決まったけれどもビザを取るのに年末までかかることがわかり、心臓のことなど忘れるくらい仕事に没頭した。

**（田中医師の「コメント2」参照）**

# 3

# 胸を開いて、バイパスを入れた！

2001. 1.22～1.27

UPMCのプレスビー病院

ピッツバーグ

一〇月一八日、ラダーニ先生の定期診断を受けに行った。先生は
「よく起こるという動悸はＩＣＤによるものではなく、心臓そのものが原因だ。一度ストレステストをしてみよう」

と言うから、

「トレッドミルの上を走るのはもうごめんだ。ほかの手段でやってほしい」

と頼むと、先生はプラッシャー先生と電話で相談し、結局トレッドミルの代りに、タリウム（アイソトープ）を注射する方式のストレステストを一一月八日に行なうと決めた。先生に先日来のカルテをくれと言うと、すぐすべてをコピーして手渡してくれた。九月にプラッシャー先生からももらっていたのでこれらを田中先生に送った。これらをみて、以後田中先生は的確なアドバイスを続けてくれた。


一一月八日、朝九時前にマーシー病院に着き、ストレステストの部屋の外で一時間あまり待たされたあと中に入った。トレッドミルを横に据えたベッドがずらり並んでおり、八月のＵＰＭＣ検査センターの情景とはまるで違う。そのベッドのうちの一つに横になると、右腕に静脈注射を打たれた。アイソトープなのだろう。ラダーニ先生があの目の青いかわいい看護婦とと

もに現れ、心電図をじっと見つめていた。一〇分ほどして二回目の静脈注射。一瞬心臓がぐっと高鳴ったがすぐおさまった。

そのあとスキャンが上についたベッドに移り、左腕を頭に挙げて固定するとスキャンがゆっくり心臓の上を一八〇度回る。その間約三〇分ほど。すむと一旦退出させられ、小一時間待合室にいた。ふたたび呼ばれてスキャンの下で同じことをする。

終わって待合室にいると、今日は帰ってよろしいと言われ帰途についた。

一一月一五日、ストレステストの結果をききにラダーニ先生のところへ行った。先生からは「テストの結果からすると、九九％塞がっている左冠動脈の前下行枝にバイパスを入れる方がよいとリコメンドする。しかし心臓外科医の意見もききたい」と思いがけない話があった。えらいことになったなあというのが率直な気持だった。先生はドクター・ディマルコと電話し、ストレステストの結果を記したリポートを持って一一月二一日午後六時一五分に彼の事務所へ行くようにとのことだった。手渡されたそのリポートを読んだが、バイパス手術がどうしても必要だとの根拠が見あたらず半信半疑だった。しかし帰りのくるまの中で、安心を得るために手術を受けようと覚悟した。

一一月二一日、夕刻合弁会社のアメリカ人従業員を集めて進めていた会議を早めに終え、迎えに来てくれた妻の運転でピッツバーグ郊外の事務所を目指した。東京より一、二ヵ月早く冬が来るところで、夜来の雪であたり一面真っ白だった。地図のとおり一時間ほど走り、どうやらここらしいと思われる古い粗末な建物の中へ入って行くと、その小さな建物の中がさらに多くの医師の事務所になっていた。

ディマルコ先生はにこやかに迎えてくれ、約四〇分間ていねいに話してくれた。

「バイパス手術はやった方がいい。リスクを減らすためであり、長生きするためだ。手術時間は二時間ないし二時間半。手術の安全率は九五％。あと五％は死ぬか、心筋梗塞や感染症、腎臓障害を起こすおそれがある。バイパスは左腕の二本の動脈のうち一本を切り取って使う」

とのこと。この先生は、八月一八日心室細動による心停止で倒れた翌日、「現時点での最良の方策はバイパス手術だ」というブッサムラ先生に対し、「彼の意見は正しいかも知れないが私は反対だ」と言っていた人だ。

「どうしてあのとき反対していたのに今手術をすすめるのか」

ときくと

「当時は判断するに足る十分な資料がなかった」

とやや苦しそう。

「来週手術するか」

と先生は言ったが、術後の療養期間が約二ヵ月ときいて、一二月下旬に赴任する予定の後任者に引継ぎができないと考え、一ヵ月半待ってほしいと頼んだ。結局一月三日にふたたび来てスケジュールを確定させることになった。ほほえみを絶やさない先生と握手して別れた。結果的には、先生とはその後会うことはなかった。

その夜、息子に国際電話すると
「医者の友達も言っていたけれど、一〇〇%安全という手術はないんだよ。九五%なら大丈夫ということだ」
と励ましてくれた。横から、八月に生まれたこどもが「アー」とか「ウー」とか言っている声が聞こえていた。

田中先生にもファックスで報告するとともにコメントを求めたところ、折り返し一時間以上にも亘り国際電話で詳しいコメントを述べてくれた。

「要するに、バイパス手術はもっと早くにするべきだったのにドクター・ラダーニは段取りが悪い。ドクター・ラダーニやディマルコに手紙を書いてあげてもよいが、その前にセカンド・オピニオンを取るのがいい。ディマルコのいう安全率九五％というのは正直に言っているとは思うけれども、これも他の心臓外科医の意見もきく方がよい。それに左腕の動脈を使う手段は五年の歴史しかなく、一〇年の歴史がある内胸動脈を採る方法の方がよい」

と説明したうえで、セカンド・オピニオン先を探すと言ってくれた。長い電話になり、彼は出勤しなければならないと言って切った。異国で難病にかかっている私に対し親身になってくれるありがたさに、思わず切った電話に頭を下げた。


翌日ふたたび田中先生から電話があり、彼がアメリカに留学していたころの無二の親友がオクラホマ州のタルサに住んでいるので、彼にセカンド・オピニオンを依頼するとのこと。間もなくその依頼状の写しがファックスされてきた。読むと、ここ二年近い私の病歴が三ページに亘って細かく述べられており、専門家とはいえその正確さに驚いた。私の気づいていないこと、知らなかったことも多く、いい復習にもなった。

わずか一〇時間後に、そのタルサのドクター・フリードマンが田中先生に返しているコメントの写しがファックスされてきた。一ページいっぱいにコメントを書いたあと、はるばるオクラホマの自分のところまで来なくても、ピッツバーグ大学医学部に若くて優秀なドクター・アンダーソンがいるから、彼にコンタクトしてもらおうと書かれていた。親友の娘と結婚した医師で、優秀で人柄もいいというのがかつて会ったときの印象だという。

すぐドクター・フリードマンに電話したところ、ファックスに書かれていたことを繰り返したあと、ドクター・アンダーソンにコンタクトしてアポイントメントを取ると言ってくれた。早口な人で、いかにもあたたかな人柄が伝わってくるような電話だった。

四日後、フリードマン先生から入ってきたファックスによると、ドクター・アンダーソンは、バイパス手術、その他の方法、薬物療法続行の三つにつき、よく検討してコメントすると言っている由。一二月七日に訪ねることになった。

一二月七日、あらかじめマーシー病院のアリサに頼んでおいたカルテと心臓血管写真を今から取りに行くと電話したら、もうドクター・アンダーソンに送ったよと言うので、どうなっているのかといささか心配しながら、ＵＰＭＣ（ピッツバーグ大学医療センター）のプレスビー（プレスビテリアン）病院へ行った。聖フランシス病院やマーシー病院とは桁違いの広大な病院で、少々迷いながら指定された一時一五分五階の一室に入った。

間もなく背が高くてさっそうとしたドクター・アンダーソンが現れた。「ピッツバーグ大学医学部助教授」との名刺を差し出して握手しながら、義父がフリードマン先生や田中先生と同じ大学出身だとにこやかに語った。すぐ本題に入り、秘書を通じてマーシー病院から入手したカルテや心臓血管写真などをチェックした結果

「もうひとつステントを入れるのはむずかしい。それにステントよりバイパスの方が長持ちするからバイパスを入れるのがベター」

というところで突然呼び出しベルが鳴り

「ごめん。急患が入った」

と言うや、彼は聴診器を首に掛けながらすっ飛んで行った。看護婦が、待つか日を改めるかときくので、待つと答えた。数時間はかかると言うので、一一階のカフェテリアでランチを食べたりして待っていた。

彼が戻ってきたのはそれから四時間以上経った五時四〇分だった。疲れ果てた表情で、顔が

げっそり痩せていた。努めて元気を装いながら次のような説明をしてくれた。

「バイパスは内胸動脈と左腕の動脈の二本を使う。執刀医はペルグリーニ教授でこの上ない名手だ。彼なら安全率は九九％以上。あなたはまだ若いからそれ以上の安全率だ。彼はドクター・ディマルコのボス筋にあたる。ドクター・ラダーニ、プラッシャー、ディマルコと、UPMCのどちらがよいかはあなたの判断だが、UPMCの方が設備は整っているし、医師はすべてUPMC専属である。あなたさえよければ、今日から私があなたの主治医になる。なんでも言ってくれたらベストを尽くす。ドクター・ラダーニ、プラッシャー、ディマルコにはセカンド・オピニオンを取った方で手術すると言っておけばよい。日本ではそんな簡単にはいかないというが、アメリカではそのような気遣いは無用だ。四週間後にペルグリーニ教授をまじえてミーティングをやろう」

ラダーニ先生の顔が一瞬頭に浮かんだが、このいかにも頼りになりそうな俊秀を目の前にして、私の心は一挙に傾き
「よろしくお願いします」

と言った。

帰り道、安全率九九％以上ときいて気持が明るくなっていた。田中先生とフリードマン先生

には感謝にたえず、帰ってすぐお礼の電話をした。フリードマン先生はことのほかよろこんで「月曜日にドクター・アンダーソンから詳しく報告をきくことになっている。今後も彼とコンタクトしながら全面的にサポートする」とのありがたいことばがあった。適切なチャージを支払いたいと申し出ると、一切不要だと言下にことわられてしまった。

アンダーソン先生のほかに日米に強力な応援団を得て、今までのもやもやが吹っ飛び、急に心が軽くなった。

会社に出ると、ペルグリーニ教授の名前を知っている人が多く、ピッツバーグでは有名人であることを知った。たちまちうわさがひろがり、掃除のおばさんまでが「ペルグリーニ先生に手術してもらうとは、あなたはラッキーだ」と言う。アパートのあるおじさんは、ペルグリーニ先生は町の開業医をしていたがあまりに腕がいいというので三顧の礼をもってピッツバーグ大学の教授に迎えられたのだと教えてくれた。

長い間お世話になったラダーニ先生やディマルコ先生に断りを入れなければならないが、言いにくいなあとためらっているところへ、ラダーニ先生から電話がかかってきた。しまった、先手を取られたなと悔みながら電話を取ると、次のような会話になった。

「先日ドクター・ディマルコのところへ行ったと思うが、彼はどう言っていたか」

「やはりバイパス手術は必要と言っておられた。実はこれをきいた友人がセカンド・オピニオンを取るようリコメンドしてきた」

「それはいいことだ」

「その友人の友人に紹介されたUPMCのドクター・アンダーソンを訪ねた」

「知らない人だ。心臓内科医か外科医か。なんと言ったか」

「やはりバイパス手術は必要だそうだ。一本でなく二本必要だと言っていた。ドクター・アンダーソンは、マーシー病院よりUPMCの方が設備が整っているし医師もすべて自前だと言っていた。あなたはどう思われるか」

「うーむ。設備はそうかも知れない。執刀医は誰か」

「ペルグリーニ先生だ」

「おー、よく知っている。それなら安心だ。彼はディマルコのボスだ」

「ところで、まことに申し上げにくいことだが、セカンド・オピニオンの結果主治医をあなたからドクター・アンダーソンに代えたいと思っている。いのちを助けていただくなど長らくお世話になり心から感謝している」
　ここでラダーニ先生は絶句したが、一呼吸おいて
「OK。グッドラック！　しかしバイパス手術の結果は知らせてくれ。できるだけあなたを助けたいから」
と言って電話を切った。

　ディマルコ先生には先手をうって断らなければならないとすぐ電話した。あいにく先生は不在で、ヴォイスメールにメッセージを入れていると、秘書のパディが電話に出てきた。

「言いにくいことだが、セカンド・オピニオンを取った結果、UPMCでバイパス手術を受けることにしたので、一月三日にディマルコ先生と手術のスケジュールを決めることになっているのをキャンセルしたい。UPMCはマーシー病院より自分のところの方が設備が整っていると言っている」

というと、パディから
「私もそう思う。手術がうまくいくことを祈っている」

と思いがけない反応が返ってきた。

電話で断るだけでは足らない、特に不在だったディマルコ先生にはと考え、二人の先生に日本から持ってきていた小さな日本人形をそえ丁重に手紙を書いた。

するとディマルコ先生からは次のような手紙が返ってきた。

「お手紙と日本人形まことにありがとう。人形を机の上に置いて、座るたびにあなたを思い出している。人形はとても美しいが、それ以上にあなたの手紙に深く感動した。あなたが自分の健康について最良の方法だと信じて進むのに私に謝る必要はまったくない。でも私たちも可能なかぎりベストを尽くしていることだけは認めていただきたい。

では手術が成功することを心から祈っている。何か手助けできることがあれば遠慮なくコンタクトしていただきたい。」

ディマルコ先生は真に紳士だなあと感動した。その後忘れられない手紙となった。

プラッシャー先生にも断りを入れようとしたが、意外なことにこのころマーシー病院から「ドクター・プラッシャーは当院を去りました。以後当院とはなんの関係もありません」といやに事務的な手紙が舞い込み、それっきりになってしまった。

一二月一四日、日本から息子とそのお嫁さんが、八月に生まれた男の子を見せにピッツバーグへやってきた。妻と二人でピッツバーグ空港へ出迎えに行くくるまの中で、こうして迎えに行くときはうれしいけれど見送りに行くときはさびしいねと話し合った。ゲートで待っていると、まずさわやかな笑顔のお嫁さんがこどもを抱っこして、つづいて息子が現れた。初めて見る孫の目は彼女、ひたいは彼、顔の四角いのは私に似ていた。息子が結婚したのも、こどもが生まれたのも、私たちが日本を離れて三年経ってからだから、彼らがめずらしく感じられる。

この日のために買ったベビーシートをくるまに据えて妻が運転し、ちょうどクリスマス直前でどの家も精一杯飾っているイルミネーションを楽しみながらアパートに到着した。アパートの広いロビーにも大きな樅の木とイルミネーションが飾られ、生まれたばかりの赤ちゃんを迎えるのに格好の光景だった。その夜は妻のつくったおでんを四人でつついた。

夜、「なんでわが家で赤ん坊が泣いているんだろう」と思って夢から覚めると、隣の部屋から本物の赤ん坊の泣き声が聞こえていた。まるでうそのような世界だった。

日中は出勤していたが、夜は手術後万一のことがあった場合にそなえていろいろ息子に遺言した。

四日後、彼らは去って行った。空港で見送ってアパートに帰ったとき、赤ん坊のにおいの残るベビーシートに鼻を近づけて嗅いだ。

一二月二七日、後任の菊竹順一郎さんが着任した。摂氏で氷点下一〇度くらいの冷たい雪の日だった。岡田君と空港のゲートで待っていると

「とうとうやって来ました」

と巨漢の菊竹さんが出てきた。

その夜は、彼が入居するアパートの近くにあるレストランで、ささやかな歓迎会を開いた。単身赴任するというので、自炊するにしても日本食材の少ないところでもあるので健康が心配だった。

その翌日から早速引継ぎを開始した。アメリカには日本のような正月休みはなく、正月といっても元日に一日休むだけだ。

一月一二日、アンダーソン先生とペルグリーニ先生に会うことになった。二人の都合が合わず別々に会った。まずアンダーソン先生に会い、手術は翌々週と決まった。後日ペルグリーニ

先生の秘書ベミータから、一月二二日朝七時半から行なうと電話してきた。

途中から「井坂です」と名乗る日本からの若い研修医が入ってきた。アンダーソン先生が去ったあと、私の心臓の現状と手術のやり方について詳しく説明してくれた。手術に立ち会ってくれるそうで、日本人の医師がこんなところにいてくれるとはありがたく思った。

「内胸動脈のうち一本の片方を外し、バイパスとして前下行枝につなぎかえる。もう一本をどこから採るかはペルグリーニ先生のオプションになる（結果的には左足の大伏在静脈になった）。手術は胸の中央を切って胸骨を左右に開き、心臓の動きを止めて人工心肺装置を用いる。バイパスを入れたら胸骨を閉じワイヤで縛る。

ペルグリーニ先生の手術には今までずっと付いているが、六十を超えた人とはとても思えぬ鮮やかな手腕で、自分ももし父親が手術するとなったらぜひこの先生にやっていただきたいと思う。周りの医師が大変尊敬している人格者でもある」

と彼は語った。

井坂次郎先生が出てしばらくすると、ペルグリーニ先生が若い日本人の女性を伴って入ってきた。小柄でやや猫背、自分からあまりものを言わない無口な先生で、髪は白く、おじいさんという印象だった。まず私に病歴と自覚症状について話させた。傍らの女性は通訳というふれこみだったから、安心して話したのだが一言も発しない。通訳してくれるよう促したが依然として黙ったままなので、やむなく今しゃべったことをもう一度英語で話した。結局この人はまったく通訳してくれず、先生とはほかの先生方との会話同様、終始直接英語で会話した。なごやかな雰囲気で

「先生は名手ときいている。全面的に信頼しているのでよろしくお願いする」

と言うと、「サンキュウー」とにっこりし、握手をして出て行った。ちょっと気になったのは

「手術の結果によってはICDを取り外すこともありうる」

と言われたことだ。どういう意味だろうとあとで考えていた。

通訳の女性についてあとできいてみると、ピッツバーグ大学で心理学を専攻しているそうで、なるほどそれなら一般の会話は通訳できても医学用語はわからないわけだ。

一月一七日、ドクター・ペルグリーニの秘書（先生は教授だから看護婦でない秘書を何人か持っていることが後日わかった）と称する女性から、手術の事前説明、事前検査をするから明日来院するようにとの電話があり、日本語通訳をつけてあげようかというので、このあいだのような通訳だと困るとは思ったけれども一応頼んだ。

ほどなくフクミネ・キヌコという女性から明日どこで会いましょうかと電話がかかってきた。そのすばやいのに驚きながら話をきいてみると、看護婦をしていたから医学用語はわかると言うのでありがたかった。この人にはその後単に通訳にとどまらず、あらゆる面で大変お世話になり、回復後アメリカ人のご主人も加わって私たち夫婦とすしを食べながら歓談したり、私が帰国したあと川崎のわが家を訪ねて来てくれるなど長いおつきあいになった。

翌朝、久しぶりにくるまを運転しながら、妻とともにUPMCのプレスビー病院へ行った。エスカレーターで二階に上り、受付で入院と手術の手続きをし、別室でインタビューを受けた。手術に先立って遺書を書くかと訊かれて面喰った。遺書を書かせてどうするのかときくと、カルテに挟んでおくだけだと言うから、そのような必要はないと断った。

そこへフクミネさんが現れた。七階へ上り、ナース・プラクティショナー（多分医師と看護師の中間的存在だろうと推察していたが、准医師のことだという）と称するキャロルから手術の説明があり、手術の前半付き添い、後半はモリーヌという女性が付き添うという。この説明をフクミネさんが通訳してくれたがその英語のうまいのには舌を巻いた。医学用語の訳も完璧で一挙に信頼感がわいた。

このあと車椅子に乗せられ（くるまを運転して来たほど元気なのに、病院内では心臓病患者は車椅子で運ばなければならないのだと強制された）、架橋を通って隣のモンテフィオーレ病院へ移動し、心電図を撮られ採血された。こわそうなおばさんが出てきて、全身麻酔の説明をした。

昼すぎすべてが終わったので、フクミネさんを誘って一一階のカフェテリアへ行った。彼女はピッツバーグに一一年住んでいると言っていた。

一月一九日、この日は金曜日で手術は月曜日だから菊竹さんへの最後の引継ぎの日だった。引継ぎは滞りなく終わろうとしていた。午後になってUPMCの経理担当のアレックと名乗る男から電話があり、とりあえず手術費込みの入院費三一、八〇〇ドルを今日中に支払え、そうでなければ二二日の手術は延期すると言う。そのような大金を今支払えないから半額または三分の一にしてくれと頼んだが頑としてきかない。UPMCの経理にアレックなる男がいるのかどうか調べるとたしかに実在する。これは本物だと観念し、現地法人にとりあえず借金し、取引銀行からUPMCへ三一、八〇〇ドルを電送した。ところが四時すぎアレックから入金がないと言ってきたので、取引銀行にきいてみるとまだ送金しておらず、四時を過ぎると送金できないと言う。一般アメリカ人のちゃらんぽらんな仕事ぶりには随分泣かされてきたもので、私個人も送られてきたカネを他人の口座に入金されたことが二度もあり、私の口座に入れ直してもらうのに一ヵ月かかったことがあった。そんな程度ならまだよいが、送金の怠慢で手術を延期されてはたまらない。急拠、銀行にアレックも加え、電話による三者会談を開いた。銀行は、四時をすぎるとシステム上送金できないと言い張ったが、私や私たちの現地法人については優良な顧客の一人だと断言したので、アレックもようやく納得し、月曜日の入金をOKした。

その後アレックは入院中は毎日のように病床に見舞ってくれ、退院してからもよく容態をきく電話をしてきてくれた。職務に忠実であっただけで、実は誠実な男であることがだんだんとわかってきた。手術、入院費関係も聖フランシス病院やマーシー病院とちがい、彼が窓口になって一本化し請求してきたので事務手続きが簡略になった。

この日の「ウォールストリート・ジャーナル」紙に私たちの合弁会社のパートナーがその事業の売却を断念したという青天の霹靂の記事が出た。手術の直前になんたることかと思ったが、のちになって後任の菊竹さんがこのプロジェクトを成功裏に進めた。

過日「手術の結果によってはICDを取り外すこともありうる」と言っていたペルグリーニ

先生のことばが頭にひっかかっていたので、翌朝田中先生に電話したところ
「残しておいた方がよいのではないか。ドクター・アンダーソンにたしかめておいた方がよい」
とアドバイスしてくれたので、すぐアンダーソン先生に電話したが不在なのでヴォイスメール
に用件を入れた。一向に返事が来ないので、オクラホマ州のフリードマン先生にアンダーソン
先生の自宅の電話番号を訊いた。間もなくフリードマン先生から
「今ドクター・アンダーソンとコンタクトが取れた。彼はICDを取り外す計画はまったく持
っていない。もし取るとしても、バイパスの状態が大変良好で問題なければ、たとえば数年後
ICDの電池を取り替えるときに取り外すことはありうると言っている。このことはドクター・
田中にもメールで報告しておく」
との電話があり、先日来のもやもやがすっきりした。

一月二二日月曜日、いよいよバイパス手術の日が来た。アメリカではできるだけ入院日数を
減らすため、あらかじめ入院させず当日自宅から直接手術室へ行く。
午前三時に起き、四時に迎えに来てくれた菊竹さんの運転で妻とともにUPMCのプレスビ
ー病院へむかった。外はまだ真っ暗だが一面の銀世界で、摂氏氷点下一〇度くらいにまで下が

っていただろう。私は万葉集の有間皇子の歌「……まさきくあればまたかえりこむ」の心境だった。

四時半病院に着き、玄関横の待合室で五時に受付が開くのを待つ。受付で手続きをすませると、早くも妻や菊竹さんと別れ、歩いて手術準備室に入った。全身麻酔の説明をするというところへ、思いがけずフクミネさんが現れた。早朝病院から突然電話があり、飛んできたという。申し訳ないことだった。彼女は麻酔の説明を鮮やかに通訳してくれた。

六時五〇分手術室に運ばれ、ただちに麻酔を打たれた。フクミネさんと看護婦を見ただけで、ペルグリーニ先生やスタッフの人たちの姿を見ないまま、たちまち眠りに入ってしまった。

実際の手術時間は八時半から一一時までだったそうだが、かすかに意識が戻ったのは二時半だった。声をかけられ、うなずいたそうだ。四時ごろには意識がはっきりしてきた。この病院の集中治療室は雑居部屋で、カーテン一枚へたてて左は元気なおじさん、右はハングルが聞こえてくるから韓国系のおじさんだった。妻や菊竹さん、フクミネさんたちは待合室で待機していたが、ペルグリーニ先生や井坂先生に「手術は成功した。状態は安定している」と言われて安心し、六時半ごろ引揚げて行ったらしい。

胸が少し痛むが思ったほどでない。夜が長く感じられた。看護婦に

「手術後何時間経っていますか」
ときくと
「一二時間です」
と言われ、まだそんな時間かとがっかりした。

翌日妻は待合室で待機していて時々様子を見に来る。聖フランシス病院やマーシー病院とちがい、集中治療室での長居は許されない。終日私はうつらうつらしている。
夕方には六階の奥まったところにある一般病室六六三号室に移った。三つ目の病院だが、日本のようないわゆる大部屋はなく、ことごとく個室だ。

その翌朝、六時半にペルグリーニ先生の回診があった。一二日前にはじめて会って以来二度目の対面だ。相変らずの温顔で、聴診、打診、触診をして「なかなか順調だ」とサムアップ(親指を立てる)して出て行かれた。昨朝は眠っていて先生の回診に気がつかなかったのだが、以後も毎朝六時半に回診に来られるので、このような大先生がこのような早朝から回診とはと恐縮した。数人の医師が従っていたが、外科医は朝が早いうえに、手術をいくつもこなさなければならないということが次第にわかってきた。

胸が痛み、うっかり咳もできない。飛び上がるくらい痛いからだ。術後二日というのに早くも歩くようにと言われた。痛み止めを飲んでいるとはいえ、からだを動かすなんてとんでもない状態だが、歩かないと肺炎を起こすおそれがあると言われ、午後の二時と四時に妻に助けられながら病室前の廊下を一八五歩ずつ歩いた。

毎日歩いて歩数を伸ばすうちに気がついたのだが、この六階の半分は心臓移植患者で占められていた。アメリカでは心臓移植は年間三、〇〇〇例くらいあり、ピッツバーグ大学は最もよく行なわれる医療施設の一つで、五〇〇例くらいだときいた。どの病室にも「トランスプランテイション」（移植）という札がぶら下がっていた。

翌日、手術から三日目。妻は朝九時半にやって来て夕方六時ごろに帰るパターンになった。

ペルグリーニ先生は
「あさってくらい退院だ。もっといたければいてもいいけれど」

と六時半の回診時に言う。ためらっていると、井坂先生も
「院内感染の多いところだから早めに退院した方がよいのではないか」

と言う。前の病院と同様スリッパがなく、履いた靴下のままトイレや廊下を歩かせ、そのまま布団に入るようなことをさせておいて院内感染もなかろうと思ったが、習慣のちがいだから仕方がない。

看護婦がやってきて

「退院後はホームナース（訪問看護師）が四回自宅を訪問してケアする。費用は一回あたり一三四ドルだ」

と説明する。

井坂先生が入ってきて

「肺に痰がたまっているので、肺炎にならないよう利尿剤を点滴して早く痰を出してしまおう」

と言い、二回点滴をされた。

胸の痛みは依然強烈で、ベッドに横になっているより椅子に腰掛けている方が楽だった。

検査値は悪くなく、午後三時の体温は三七度五分（華氏の体温計なので摂氏に換算するのがわずらわしい）、洗濯バサミのようなものを指の爪に挟んで血液中の酸素量を計る酸素飽和度九六、血圧一〇〇と五〇、そして一日二回胸部レントゲン写真を撮った。

四日目の朝、六時半の回診時ペルグリーニ先生は「一日三回といわずもっと歩け」と言われるので、胸の痛みを押して一二時、二時半、五時、七時と歩き、疲れ果てた。

このころになると、井坂先生は回診のあとちょっとした雑談をしていくようになった。来週学位を取るため一旦日本へ帰るが、アメリカに戻って心臓外科医にはならず、日本より重要な地位を占める麻酔医になるつもりだと言う。きびきびした気持のいい人で、

「これだけいろいろ心臓病の経験をしたのだから、多くの心臓病の患者さんを励ますためにもぜひ体験記を本にして出してください」

と言っていた。

翌一月二七日、はや退院の日となった。いつものように朝四時半の看護婦による検査では、体温三七度一分、酸素飽和度九五、血圧九六と六六で、採血もした。六時半の回診に来たドクター・マックリーはこの検査結果を見、聴診器をあて、打診、触診をして

「パーフェクト。今日退院していい」

と言った。ペルグリーニ先生に会えなかったのが心残りだった。

看護婦が清拭に来てくれ、胸の傷口に短冊にした絆創膏をぺたぺた貼ってくれた。日本です

るようなガーゼ交換は感染症を起こすおそれが多いのだそうだ。

一二時半、妻の運転で退院した。この光景は三度目だ。やっぱり家はいいなあとくつろいだ。菊竹さんや岡田君、最近赴任した大槻道久君たちに、世話になったお礼の電話をした。時差の関係で、夜本社の筧社長に電話した。

「合弁会社の買収交渉も（私の手術日直前の「ウォールストリート・ジャーナル」紙に掲載されたとおり）あんなことになってちょうど君が休んでいる間本件も休みだ。そのあと病気が治ったらぜひ知恵を貸してほしい。知恵だけでいいから」

ということになって、さらに一年ピッツバーグに残ることとなった。もちろん私の心臓病治療に対する配慮もあった。

●妻の記●
多くの先生方にお会いし、十分納得してバイパス手術を受けることになったのだが、それでも主人とは万一のとき荼毘をどこでどうするかというような会話を交していた。

いよいよ手術が始まった。会社の菊竹さん、通訳をお願いしたフクミネさんと待合室で待っていると、藤原文子さんが手作りのおはぎを持ってこられたのでびっくりした。この方はこの病院のソーシャルワーカーのような仕事をされているそうで、朝が早かった私たちのために食事を作ってこられたのだ。頭が下がった。

手術がそろそろ終わりかなと思うころ、藤原さんは帰られ、フクミネさんも所用で中座され、菊竹さんがトイレに立たれて一人でいるところへペルグリーニ先生が来られた。先生は無口な方で

「手術は成功した。バイパスは二本入れた」

とだけ静かに言われ、ほほえみを残して去って行かれた。その後姿に頭を下げた。

フクミネさんが来られ

「手術は終わったけれども、麻酔がまだ効いているので、目が覚めるまで待つように」

と言われた。しばらくすると、井坂先生から

「術後の状態が非常によい」との電話があった。うれしかった。

翌日一般病棟に移された。前二回の手術のときとちがい主人はとても痛そうで、げっそり痩せ顔をゆがめていた。痛くて横になれないらしく、翌日病室へ行くとベッドの傍

らにある椅子に腰掛けていた。ベッドでよりも眠れると言っていた。そこへナースが入ってきて、これから少しウオーキングをすると言う。そんな状態ではないと言うと、早く動かす方が回復も早いと言うのだ。渋い顔をしている彼をなだめ、一緒に少し廊下を歩いた。この強行軍には驚いたが、折角いい病院でいいお医者さんに恵まれたのに、ここでくじけてはならないと考え、彼をなだめては毎日廊下を歩いた。

二日目だったか、藤原さんがお見舞いに来られたが、主人は体調が悪くて誰にも会いたくないと言うので、その旨伝え廊下でお目にかかっただけですませたが、
「今までに見た手術後の患者さんはこんなことはなかった」
と言っておられたのが気になった。

退院の日、主人を迎えに行った。運転などしたことのなかった私は、日本を出る直前運転免許を取ったのだが、こんなに役立つとは思わず自分が自分でないような毎日だった。ともあれ退院はうれしいもので、くるまに主人がいるだけで幸せだった。

今回の手術については、日本を遠く離れて、相談する人もない心細い毎日のところへ、

日本からいろいろアドバイスして支えてくださった田中先生や、通訳の域にとどまらず親身になって面倒をみていただいたフクミネさんの親切は涙が出るほどありがたかった。

（田中医師の「コメント3」参照）

# 4

# ＩＣＤがファイヤした

2001. 1 . 27～ 2 . 2
UPMCのプレスビー病院
ピッツバーグ

一月二七日土曜日に退院し、時差のため夜になるのを待って、日本のあちこちへ電話連絡し、一〇時半ごろそれも終えて検温したら三七度二分だったが、脈拍が九〇でいやに速いなと思いながら、バイパス手術後初めてのシャワーを浴びようと浴室に入ったとたん、胸に強烈に襲ってくるものがあり、思わず「わぁー」と声が出た。次の瞬間、ばちっ、ばちっと凄い火花が心臓から散った。あたりが明るくなったようだった。何が起こったのか一瞬わからなかったが、次の瞬間ICDがファイヤ（作動）したなと思った。

すぐ九一一番に電話した。アメリカでは日本の一一〇番も一一九番も九一一番だ。寝室に横になって九一一番のオペレーターに問われるままに容態を答えていると、ドアをたたいて救急隊員が数人飛び込んできた。その早いのに驚いた。担架に乗せられ、妻は助手席に乗り救急車が出発した。菊竹さんにすぐ来てくれるよう妻から電話させた。救急車は比較的ゆっくり走りサイレンも鳴らさない。隊員が点滴や酸素吸入などをしてくれて楽になった。

一二時ごろUPMCの救急室に入った。寒かった。医師や看護婦が入れ代り立ち代り出入りする。そうこうするうちに菊竹さんと岡田君が駆けつけてくれた。彼らに退院のお礼の電話をしてからわずか一〇時間後だ。私の自宅での滞留時間が一〇時間だったわけだ。こんな真夜中に呼び出し、申し訳なさでいっぱいだった。

三時ごろ、検査の結果を見たドクター・シェリーなる医師が
「心室でなく、心臓上部の心房に起こった不整脈で、致命的なものでないから心配要らない」
と言いにきた。その直後病室が空いたということで四階の四六三号室に入った。この部屋はさっきまで入院していた六六三号室の二階真下だった。私がさっき退院したばかりと知って、黒人の看護士が
「ユーは病院が好きだねぇ」
と言ってみんなを苦笑いさせた。
薬をのんで落ち着いてきたので、明け方三時半ごろ妻や菊竹さん、岡田君に帰ってもらった。

朝、ドクター・ワイスが
「明日あなたを眠らせてICDをチェックする。一ヵ月間特別な薬をのんでもらう。バイパスの手術後一ヵ月は不安定だが、その後脈は安定してくる」
と言う。相変らず胸は痛むが脈拍は通常どおりだ。妻は朝一〇時半に来て、午後二時に去った。
夜一〇時、あの黒人の看護士が血圧と酸素飽和度をはかってくれた。九〇と五〇、そして酸素が九四だった。明日の検査にそなえて夜中一二時以後飲食を止めた。

一月二九日、再入院二日目だ。明け方三時右腕から血を抜かれた。午前中一時間ほど私を眠らせてICDのチェックがあった。肺活量の検査や胸部レントゲンの撮影もあった。

夕方、アンダーソン先生が説明に来て

「バイパス手術の結果、心臓の動きが活発になり、今までのICDでは支え切れなくなっているので、ICDのリード線をもう一本入れ、手術でよくなった心臓の動きに対応できるようにする」

と言って去った。その直後、室内のトイレに行って出たとたん、またあのいやな圧迫感が急に胸を襲いICDがファイヤした。凄い電気ショックだ。アメリカでは電気による死刑を執行している州があるが、執行された瞬間は多分こんな感じなのだろう。

二回もファイヤすると、早くICDの手術をしてほしいと切に願うようになった。

翌日、ICDの手術をすると言うので妻と今か今かと待ち、フクミネさんも終日自宅待機してくれていたが、午後三時半になって看護婦が

「手術のための機械が故障していた。それは修繕したのだが今日はもうおそくなったので明日に延期する」

と言いにきたので拍子抜けした。電気ショックがまた来るのではないかという恐怖感が絶えずあった。心臓安定剤をのんだ。

翌一月三一日朝六時半、体重測定（五六・三kg）、血圧測定（一〇四と五六）などで起こされた。トイレへ行ったら動悸が急に二段階速くなり、ナース・ステーションの心電図モニターの警報が鳴ったので、医師、看護婦が駆けつけてきた。すぐ鎮まった。

八時半妻が来たとたん手術室へ搬送された。バイパス手術のような重い手術ではないからか、白髪のドクター・バーリントンと名乗る先生が助手や看護婦にしきりにジョークを飛ばして笑わせ、本当に手術をするのかと思うような雰囲気だ。フクミネさんの姿がちらっと見えたが、局部麻酔を打たれて眠ってしまった。

一〇時五〇分病室に戻されると同時に麻酔から覚めた。一一時すぎバーリントン先生が次のように説明に来てくれた。

「原因不明だが、リード線（ワイヤ）が断線していたけれども、取り出すのがむずかしいのでそのまま残し、新しいリード線を入れた。古いリード線を残しても別段問題はない（のちにこれが生きるか死ぬかの大問題を惹き起こした）。新旧のICDのちがいは三五ジュールを一〇ジュールに変えたことくらいで、機能は変わらない」

二月一日になった。朝から時々動悸が起こる。回診に来た若いサバ先生にその旨言うと「それは心房から来るもので心配無用だ。新しいICDでは心房細動でファイヤしないようリプログラミングした。今後ファイヤするのは心室から来る場合のみとなるように調整してある」とのことだった。

サバ先生は頻脈を防ぐためアミューダロンを日に三回、一回二〇〇mg、一ヵ月間のむと言うので、それはアメリカ人に対しては正しいかも知れないが、体格で劣る日本人に対しては過剰ではないかと、以前田中先生に教えられたことをそのまま受け売りすると、「なるほど」とすぐ、日に二回、二週間に変更してくれた。

この先生は差し出した名刺によると、アンダーソン先生と同じくピッツバーグ大学医学部助教授で、文字通りさばさばした庶民的な人で、質問に対しても図を書いていてていねいに答えてくれた。

「バイパスは心室細動や心室頻拍を減らす効果はないからICDは今後もつける。心房から心室への細動の伝播によってICDが誤作動しないようロプレソールを服用してもらう」

などと話してくれた。
相変らず「歩け歩け」と言われて四分、五分と廊下を歩いた。ＩＣＤの手術よりもバイパスの手術による胸痛、息苦しさ、動悸などに悩まされた。そんな中で黒人の看護士ティムのやさしさが印象に残った。

ＩＣＤ手術の二日後、二月二日に退院した。これで四回目の退院になる。再度入院したことは現地法人の同僚以外には黙っていたので、今度はどこへも電話することなく静かに自宅で過した。ただ日本の田中先生とオクラホマ州のフリードマン先生には電話で報告した。田中先生は、リード線はそんなに簡単に切れるものではない、原因究明する必要があると言っていた。フリードマン先生は、ドクター・アンダーソンからバイパス手術は成功したこと、ＩＣＤが作動したけれどもきっちりおさまったことをきいた、その旨ドクター・田中にもメールしておいたと言った。

翌日から自宅療養が始まったが、入院していたときよりも動悸と胸痛、呼吸困難がひどく、それらが原因で夜ほとんど眠れなかった。病院にいればなんとかしてもらえるだろうにと思いながらじっと辛抱するしかなかった。アンダーソン先生に電話したが、秘書が取り次いでくれない。心臓移植などを毎日扱っている医師からみれば私の症状程度では問題外なのだろうとあきらめた。

訪問看護婦は、二月八日にナンシー、一六、二一日にリンダがやってきた。問診が主で、検温、脈拍測定、血圧測定、血液採取を行い、ペルグリーニ先生に報告するらしい。アンダーソン先生にも報告しておいてくれと頼んだ。結局この三回で終わった。

アメリカの病院は手術をしてもすぐ退院させるが、治癒したから退院させるのではなく退院してから療養が始まるのだ。長く苦しみが続くゆえんだ。この苦しい姿を見せたくないので、菊竹さん以下会社の同僚に対しても一ヵ月以上面会謝絶にした。アパートのロビーまで降りて妻が彼らから書類や多くの人びとの見舞品を受け取って戻ってくるたびに、われながらみずくさいことをしているなと内心忸怩たるものがあった。

訪問看護婦として最初に来たナンシーがあちこちにある私の傷口を測った。バイパス手術のため胸骨を開いたあとが二四㎝と意外に長く、左脚からバイパスとして静脈を採取したあとが一六㎝、ＩＣＤを埋め込んだ左肩口が七㎝、そのほかドレンを入れたあとなど満身創痍で、切られ与三そのものだった。

この苦しいさなか、ちょうど二年前ピッツバーグ国際空港で倒れたとき、逸早く見舞いの電話をしてきてくれたワトソン氏が、今回も退院するやいなや励ましの電話をくれた。それだけでなく追って次のような手紙をくれた。

電話によれば手術がうまくいったそうで、あなたの家族同然であるわが社の全員は、あなたが少なくとも一一〇%早く完全に回復することを願っている。

電話でも申し上げたが、十分言い尽くせなかったので、手紙でもう一度、何年か前私の父が受けたバイパス手術の体験談をお話しして、少しでもあなたの助けになればよいがと思っている。

父は手術前病弱だったので、生き延びるためにはバイパス手術以外選択の余地がなかった。父は大海に飛び込むような思いで手術を受けたが、回復に至るまでそれはそれは痛みに苦しみ、生きるということがどんなにむずかしいことかということを思い知らされていた。一体どうするのが正解なのかといつも問い、多分ギブ・アップ寸前の心境だったろう。

そうこうするうちに、なんとか彼は絶望から希望へと気持を切り替えていった。今までの人生でそうであったように、恐れることなくリハビリのプログラムと真剣に取り組んだ。
私は父のリハビリのクラスにいつも出席し、父とそのクラスメートを見守っていた。彼は最年長だったが楽しそうだった。彼は一番弱々しそうだったが一番幸せそうだった。プログラムが進むにつれて、最も哀れな生徒から最もすぐれた生徒へと変わった。というのは彼のクラスメートは若くて強いが、臆病でいつもびくびくしていたからだ。
この体験談を通し、あなたが強い精神をもって療養にいそしまれ、わが社における多くのあなたの友人が、ふたたびあなたがリーダーシップを発揮するのを待っていることをお忘れなく。

この手紙はどんなに私を奮い立たせてくれたことだろう。ワトソン氏の友情に感謝しながら何度も読み返した。

私たちの会社のＣＰＡ（公認会計士）を務めてくれていたハンナ氏からの見舞いも忘れられない。「早く帰って来い」という乱暴な手紙だったが、中にはトランプやこどものゲーム、こどものお菓子、絵本などがいっぱい入っていて無聊を慰めてくれた。彼とは会えばジョークを言い合う仲だったが、のちに彼の結婚式（再婚式？）に招いてくれたり、私が帰国する際には盛大な送別会を開いて見送ってくれたりした。

ちょっと咳をしても胸がぴりりと痛み、大きな動悸のときは右を下にして寝ると楽になることを発見したりしながらすごしていたが、夜眠れない日が続き、やっとうつらうつらとしたと思ったら金縛りに遭い身動きできない夢をみてすぐ目が覚める。たまりかねてアンダーソン先生の秘書に睡眠薬をくれと電話したら、すぐスーパーのジャイアントイーグルの薬局に処方箋をファックスしてくれて、妻がその薬を取ってきてくれた。睡眠薬をのむようになると少しは眠れるようになったが、五十歩百歩だった。

この苦しみを表現するために、こんな例え話を持ち出せば、理解してもらえるだろうか。バイパス手術だけなら海底二〇〇メートルくらいに沈んだ程度だったが、浮かび上がろうと努力し始めたとたん、二度のＩＣＤのファイヤによって一挙に海底六〇〇メートルにまで沈められ、必死になってふたたび浮び上がろうともがき苦しんでいるところだ――と私はよく言っていた。しかしワトソン氏の手紙をみて、世の中にはそういう人がたくさんいるのだとあらためて再認識し、こころが明るくなっていった。

そういうところへ、いとこの竹原義和君が日本から送ってくれたＮＨＫなどの放送番組のビデオがいっそうこころの救いになった。ピッツバーグでも、一軒家ではパラポラアンテナをつけて日本の衛星放送を視聴していたが、私たちのようなアパート住まいの人間は勝手にアンテナをつけられず、日本のテレビはまったくみられなかった。彼の送ってくれたビデオの中には、たとえば、「小さな留学生」と題する中国のこどもの、日本における小学校三年から中学二年に至るまでのドキュメンタリーなどいいものが多くあり、感激して観ていた。

**●妻の記●**

バイパスの手術を終え、退院して自宅に帰ってきた。主人も少しうれしかったのか会社関係の人たちに電話していた。

その夜、シャワーを浴びてもよいと言われていたので、主人はおそるおそるシャワーの栓をひねった。私が背中を流してあげようとしていたとき、突然彼が「うおー」と叫んだ。何が起こったのかわからない私に、ＩＣＤがファイヤして目の前が一瞬明るくなったと叫んだ。シャワーどころでなくなり、すぐバスタオルをからだに巻いてベッドのところへ行き横になった。

夜おそくて申し訳ないがすぐ来てほしいと菊竹さんに電話し、救急車も呼んだ。九一一番のオペレーターは、電話が切れないようにずっと容態を主人に訊いているようだったが、その最中ドアをたたいて三人の大男が入ってきて応急処置をしてくれた。生死にかかわる状態ではないと判断したのかゆっくりＵＰＭＣへむかった。菊竹さんが来られるまで暫く待ってもらったが、なかなか来られないのでもう一度電話してみると、すでに出られたのか通じない。あとで聞いたところによると、運悪くその日から私のアパートの玄関にある呼び出しの暗証番号が変更になっていたのだ。

救急車はサイレンを鳴らさず、今まで通ったことのない道路を静かに走り、病院の救急室に入った。待合室で待っていたが、やがて入るようにと言われ主人と面会した。一回だけのファイヤですみ、落ち着いているようだった。しばらくすると菊竹さんと岡田さんが来てくださった。お仕事で疲れておられるのにこんな真夜中に呼び出して本当に申し訳ないと、頭を下げながら情けない思いになった。

病室があいたので移った。付き添っていた夜間勤務の看護士が
「お前は病院が好きだなあ」

と言ったのでみな思わず笑ってしまった。暗い気持を明るくしてくれた。午前三時半になっていたので菊竹さん、岡田さんにアパートまで送ってもらった。

　気を取り直して翌日から病院へ通った。アンダーソン先生やサバ先生から、いのちにかかわる心室細動ではなく心房細動であったこと、今までのＩＣＤは手術前の心臓に合せてプログラミングしてあったので、バイパスを入れて活発に活動し始めた現在の心臓に合うように、プログラミングし直すことなどを聞いた。その手術の結果、二本のリード線のうち一本が切れていて取り出せないのでそのまま残し新しいリード線を入れたことも聞いた。

　六日間の入院と手術のあと、今度こそは退院した。

　退院はしたものの不整脈と動悸が激しく、眠ることができず夜中ベッドの上で座りこんでいる主人の姿を見るようになった。私も同じように目が覚め、苦しそうな彼を見るのがつらかった。苦しい日が続き、会社の人たちにも会わないというので、私が独りアパートのロビーへ降りて行くと、多くの新しいメンバーの方が集まっておられ、これからみんなで買物に行くのだと楽しそうにしておられたので暗い顔もできず、笑ってみなさんを見送った。誰にも気持を打ち明けることができずさびしかった。

そんなある日、主人のいとこから日本のテレビのビデオがどっさり送られてきた。とてもいい映像が多く、私は涙を流しながらみた。私たちの心身の痛みをそらしてくれ、大変ありがたかった。

またある日、ワトソンさんから手紙がきた。ワトソンさんのお父さんも、バイパス手術をしたあと随分苦しんだけれども頑張り抜いた由で、主人はどんなに勇気づけられたことだろう。

こんなことが一ヵ月半続いたあと、ふたたびアパートの八階から一階まで少しずつ歩数をのばしながらウォーキングを再開した。二年前と同じくセント・パトリックデイが近づいていたので、各部屋の人たちが工夫をこらして、それぞれさまざまな三つ葉のクローバーのリースをドアに飾っていた。

アパートの中をウォーキングしているといろいろな住人の方に会い、自分や身内の人たちのバイパス手術経験を話してくれた。アメリカ人の心臓病患者は日本の八倍もいると聞いたことがあるが、なるほど誰も彼も経験談を語るので驚いた。中にはバイパスを

七本入れたという人もいた。リチャード・ギアとひそかにあだ名をつけていたおじさんが
「お前もやっとアメリカ人なみになったなあ」
と冗談を言いながら励ましてくれた。

一ヵ月が経ち三月に入った。薄紙を剥ぐように状態はよくなっていった。世の中の空気が五〇%くらいに減ったのではないかと感じていた呼吸困難も七〇%、八〇%と回復していき、やがて一〇〇%に戻った。三月一日初めて外出し、妻の運転でジャイアントイーグルへ行ってサンキューカードをどっさり買い込み、見舞いをいただいた多くの方々にお礼のことばや品物を送った。

三月七日、ペルグリーニ先生の診察を受けに行った。バイパス手術を受けたあと最後の回診に来られなかったので、お礼と別れの挨拶ができず心残りのままだった。
「手術が成功に終わり、ありがとうございました」

とお礼を言うと、ちょっとはにかんで
「Hopefully successful」

と言われる。この「ホープフリー」ということばはアメリカ人が好んで使う言い回しだが、先生が使うといかにもシャイな感じで、お人柄をあらわしていた。

バイパス手術して退院した直後ＩＣＤがファイヤしたことをまったくご存知なく、驚いて私の報告をきいておられた。バイパスに使った二本の血管のうち、一本を左腕の動脈でなく左足の静脈にした理由をたずねると
「あなたの場合は問題ないが、左腕の動脈は短いからで、静脈でも一五年はもつから八〇歳までは生きられる。奥さんもご主人が八〇歳まで生きてほしいでしょう?」

と妻の顔をのぞき込む。

「今日でフォローの診察は終わりだが、何かあったらよろこんで会うから遠慮なく言ってほしい」

と言われ、握手をして別れた。好感の持てるいい先生だった。

三月二二日サバ先生から電話がかかってきた。こどもができたので一週間休暇を取っていた

とうれしそうだった。容態をきいたあと
「ＩＣＤはつねにファイヤするおそれがあるか、それを抑えるのがロプレソールなので、七五mgを日に二回必ずのみ続けること。ＩＣＤが左胸に入っているので、左腕は日に二、三回以上肩から上へあげてはいけない。一〇ポンド（約四・五kg）以上のものも持ってはいけない。

そろそろ出社してもよい。国内出張、国外出張もよい。ただし、国外は日本とヨーロッパ以外にはＩＣＤのことがわかる医師もメーカーの支社もないから行かないように。

くるまの運転は去年の八月にＩＣＤを入れてから半年経ったからそろそろＯＫだ。ただし、高速はやめて一般道をステップ・バイ・ステップで走るように」

等々こまかい注意をしてくれた。

この電話の直後、経理のアレックからも
「請求書を束ねてフェデックス（アメリカの宅配便）で送ったよ。君が卒倒するほどじゃないけどね」

と電話がかかってきた。

三月二七日、アンダーソン先生の診察を受けに行った。ＩＣＤのファイヤで再入院して二日目の一月二九日に回診を受けて以来二ヵ月ぶりだ。その間の苦しかった状況を話したが、心臓移植などを扱っているこの先生にとってはものの数ではないらしく、まったくコメントがなかった。バイパス手術をすればみんながたどる道であって、苦しいなどと弱音を吐く方がいけないのだろうと思った。

「バイパスに使った動脈は、一〇年後九〇%、二〇年後八五%はまだ使える。一方静脈は一〇年後五〇%だめになる。しかしだめになっても動脈がカバーしてくれる。（ペルグリーニ先生の話とちがう。どちらが本当なのか）

日に二回三〇分ずつウォーキングしているのなら、リハビリ・プログラムをする必要はない。日本への出張は五月にストレステストをしてから決めよう」

ということだった。

「ところであなたはもうリタイアしたのか」

と先生が訊くので

「アドバイザーになった」

と答えると

「それが一番いい」

と笑った。

今までのカルテをすべてほしいと申し出ると、「OK」というや秘書にコピーさせ、どさっとくれた。どこで倒れてもよいようにこのエッセンスを持ち歩くのだというと、それはグッド・アイデアと言っていた。私は今に至るもエッセンスと診断書のコピーを携帯しているが、幸いにしてそれが役立つようなことは起こらなかった。

アンダーソン先生の指示で翌週コレステロールを測りに行ったが、リピトールが効いているのか総合一七五、LDL九四、HDL七〇と好転していた。

その翌日フクミネさん夫妻を誘い、妻ともどもすしを食べに行った。散々世話になったので、よくなったらすしを食べに行こうねと約束していたから、それが実現できてうれしかった。フクミネさんのご主人は見るからに人の良さそうな紳士で、UPMCで麻酔医をしていたのを辞め、アイヌに深く興味を持って最近修士論文を書いたという。驚いたことに夫妻は日本語で会話している。たちまち私たちも会話を日本語に切り替えた。

翌三月二九日、いつものように三〇分ウォーキングしたあと二ヵ月余ぶりに出社した。私が運転し、妻が助手席に座った。運転は七ヵ月ぶりなのでややぎごちなかったが、いつものようにやや雪の残る丘の峰や国道を走りながら感慨無量だった。菊竹さんら日本人スタッフのみならず、多くのアメリカ人スタッフも歓迎してくれ、生きていてよかったとつくづく思った。あちこちでバイパスを入れたが、バイパス手術経験者の話をひとくさり聞かされた。マーカスは、おかあさんが先月バイパスを入れたが、八〇歳ということもあって経過が思わしくないとこぼした。マルレーヌの義理の叔父さんは、カテーテルを入れたけれども失敗し明日葬式だという。

夕方妻に迎えに来てもらい、ふたたび私が運転して帰った。

その後はなにごともなかったかのように出勤し、もとのモードに戻っていった。四月に入ると夏時間になったが、気温はまだ低く、最高摂氏四、五度の寒さが続き、雪もよく降った。たまに摂氏一〇度ともなると、ピッツバーグではかなりあたたかく感じるので、アパート内のウォーキングをやめ近所の住宅街を歩いた。朝、黄色いスクールバスが生徒を要所要所でピックアップしていくが、その要所へ行く中学、小学校の生徒はすれちがうと必ず「グッドモーニング」とか「ハーイ」と声をかけてくれる。気持がいい。

四月九日、妻の添乗なし、久しぶりに一人で運転し出勤した。世の中はセント・パトリックデイが終わって、イースタームードになってきた。アパートの各ドアもうさぎとたまごをあしらったリースに変った。イースターの日には、親しくしているアパートの住人ペギーさんが「ハッピー　イースター」と言いながらチョコレートを持ってきてくれた。

五月に入ると、一年ぶりにニューヨークへ出張した。心室細動で倒れてから九ヵ月、以来どこへも行っていなかった。後任の菊竹さんがすでに立派に任務を遂行しているので、出張といっても、取引先の社長交代パーティに出席したり、アメリカへ進出している日系企業の集まりに出席する程度の用件だった。

五月二一日、アンダーソン先生との約束でストレステストを受けた。昨年の悪夢があるのでいろいろ注文をつけた結果、アイソトープとトレッドミルの両方によるテストになった。病院側の慎重な対応もあって、トレッドミルを走って速度が上がると医師が背中を支えてくれた。目の前の心電図はなめらかだ。

「退屈だろう。あなたはどこの生まれか」

と医師が目の前に掲げてある大きな世界地図を指してきくので、「神戸だ」と答えるとそこに赤いばらを刺した。

無事終了し、一週間後結果を聞きに行くと、アンダーソン先生が出てきて

「思いのほかよい結果だった。心臓の一部にわずかな影があるが心配いらない。次は半年後にいらっしゃい。そのあとは年一回の診察でよろしい」

と言った。

すっかり安心して六月、一年二ヵ月ぶりに日本へ出張した。日本であのワトソン氏を迎え、筧社長との会談やレセプションに同席した。

川崎のわが家へ帰った。一年二ヵ月も空家にしていたから、さぞかびだらけになっているだろうと覚悟して入ったら、意外なことに畳はさらさらしており清潔そのもの。息子とお嫁さんが時々帰ってきて風を通してくれていたことがよくわかった。

茶の間に座って庭の樹木を眺めていると、ピッツバーグに住んでいることがうそのようであり、ましてや、この一年間心室細動を起こしてICDを入れたりバイパスを入れたり、そのICDがファイヤして長らく苦しんだこともうそのようで、よくぞ生きて今ここに座っているな

あと感慨一入だった。

田中先生に何年ぶりかで会った。いくら友人とはいえその域をはるかに越えた数々の尽力にはお礼の言いようもなかったが、それでもおそるおそる

「どんなお礼をさせてもらったらよいだろう」

と切り出したら

「私にお礼をするくらいなら、心臓病で苦しんでいる多くの患者さんを励ますために、体験記を書いて本にしてくれ」

と言われてしまった。

このことばは長く心の底にあったが、なかなか実現するチャンスがなく、気がかりになっていた。

名古屋に住む息子一家を訪ね、生まれて一年近くになる孫に会った。去年の一二月ピッツバーグまで見せに来てくれたときよりも、すっかり人間らしくなってかわいい盛りだった。預けられている近くの保育園でも参観させてもらった。

予定をすべて終え、ピッツバーグへ戻った。以前は年四回くらい日本へ出張し、用件がすむとさっと帰ってくる極めてビジネスライクなものだったが、今回はちょっぴり里心がついた。アメリカに戻ると日本で買ってきた美しい扇を今回お世話になったオクラホマ州のフリードマン、新たに主治医になってくれたアンダーソン、バイパス手術をしてくれたペルグリーニ、ICDの二度に亘るファイヤのあとよく面倒をみてくれたサバ各先生に送った。

その後は何事もなく順風満帆にすぎ、苦労した心臓病もここまでと安心していた。

七月二日の「ウォールストリート・ジャーナル」に、チェイニー副大統領が、心室細動を起こしたとき強力な電気ショックを与えるICDの埋め込み手術をしたという記事が出た。チェイニーさんは二〇年以上心臓病に悩まされ、四回以上発作を起こしたそうで、ここ二、三年私と相前後してステント、バイパスを入れ、今回ICDまで入れたとなると私とそっくりになる。まるで僚友を得たように思い、あの激職をばりばりこなしているのを見るにつけ、私は大いに励まされた。

このころの世の中の出来事で特記事項だったのは、九月一一日の同時多発テロだ。朝、いつものように住宅街のウォーキングを終え、九時ごろインターネットを開けると、日本からのニュースで、一五分前ニューヨークの貿易センタービルに飛行機が衝突し炎上しているとあるので、あわててテレビをつけると、なるほど私も何度か行ったことのあるビルの上部からもうもうと黒煙があがっている。そこへもう一つのビルにまた飛行機が衝突し、大きな爆発が起こった。これはただごとではないなと見守っていると、最初のビルが崩れ落ちはじめ、ゆっくりと姿を消した。ツインビルが一本になり、一〇時二八分それも崩れ始め、遂に二本とも消えてしまった。テレビに音声はなくただ映像だけだったが、ここに来てブッシュ大統領が「これはテロだ」と言っている。

そのうちペネガン（アメリカ人はペンタゴン――国防省のことをこう発音する）にも飛行機が突っ込み、ピッツバーグ郊外にも飛行機が墜落したと、アナウンサーが興奮して報道した。ハイジャックによる大規模なテロだとわかってきた。

本社から来ていて、前日見送ったばかりの社員六人がワシントンへ行くと言っていた。彼らと連絡をとったところ、ワシントンのダレス国際空港で足止めされて困っているところへボランティアの日本人妻に声をかけられ、その人の家で休んでいるところだと言うのでほっとした。

のちにワシントン市内にホテルを確保したとの連絡が入った。

ピッツバーグにも飛行機が落ちたときいて、息子や本社から心配する電話が続々と入り始めた。日本にいる菊竹さんの奥さんからも「出張中の主人が危険なところへ行っていないでしょうか」と気遣う電話があり、「アクロンは逆方向だから大丈夫です」と答えるとよろこんでおられた。

あちこちとの連絡も一段落したので、午後三時ごろ出社すると厳戒態勢になっていて、いつも出入りする〝勝手口〟は二カ所とも閉鎖され、出入り口は玄関のみにしていた。ピッツバーグ郊外にもハイジャックされた飛行機が墜落したので、ダウンタウンにあるUSスティールやPPG本社のような高層ビルの従業員は次なる衝突をおそれて逸早く退社したとのことであり、私たちの会社も独身者のみ残って仕事をしていた。

テレビは大手のABC、NBC、CBS、CNNは連日朝から晩まで関係のニュースを流しているが、その他のテレビ局は通常通りの番組を流しており、その好対照は妙だった。

驚いたのは、住宅街のそれぞれの家がすぐさま一斉に星条旗の半旗を掲げたことだ。アメリカ人の一朝急あるときの団結心、愛国心の強さを目のあたりにした。テレビや新聞は「第二のパールハーバーだ」と叫んでいたから、真珠湾攻撃のときにもこうしてアメリカは団結したのだろうと感じた。
それから五日後、ダウンタウンのハインツホールへ音楽監督マリス・ヤンソンスが指揮するピッツバーグ交響楽団の演奏会をききに行ったところ、曲目ががらりと変わって全員起立し国歌斉唱で始まった。通常胸に手をあてて起立しているだけだが、涙を浮かべる人もいてみんなが国歌を歌うのには感動した。そのあともコープランドの「死者を悼むファンファーレ」、ベートーヴェンの「英雄」交響曲の中の葬送行進曲、チャイコフスキーの「悲愴」交響曲の最終楽章がおごそかに演奏された。

終わってロビーへ出てきたら、あの井坂先生にばったり会ってお互いびっくり。ピアニストだというきれいな奥さんも一緒だった。先生はこの奥さんにピアノを習ったが、ものにならず代わりに妻にもらったというので、「よくある話で……」と冷やかすと奥さんも笑っていた。今日のプログラムの後半でブラームスのピアノ協奏曲第二番を弾いたキーシンの演奏には席を立てぬくらい感激したと奥さんは語っていた。私のバイパス手術のときには心臓外科医だった先生は今麻酔医に転向し、少なくともあと四年はピッツバーグに住むべく家を買ったと言っていた。

**(田中医師の「コメント4」参照)**

# 5

# 左の胸が腫れてきた

2001. 10. 30～11. 2
UPMCのプレスビー病院
ピッツバーグ

二〇〇一年九月末、同時多発テロのあとしばらくしたころから、左の胸に入っているＩＣＤ（埋め込み式除細動器）が出っ張ってひりひり痛み、その皮膚が赤紫色に腫れ、たて四㎝、よこ三㎝くらいの長円形になってきた。すでに手術を四回もしてステント、ＩＣＤ、バイパスを入れ、もうこれ以上のことは起こらないと信じていたもののなんとなく気になってきた。

一〇月二三日、日本にいる旧友の田中先生に、思い切ってメールに症状を書きコメントを求めた。すると夕方には返事が返ってきて

「赤紫に腫れているのは圧迫壊死《えし》が起こりつつあるのではないか。ＩＣＤの重量がかかってそこに血流低下が起こり、虚血壊死が起こっていると思われる。

ＩＣＤが出っ張って痛むのはＩＣＤの埋め込まれている部分が拡大しているからではないか。ＩＣＤは皮下組織と筋肉の間に埋め込まれ、ＩＣＤの重みで負荷のかかる部分ができ、その部分が圧迫壊死を起こす可能性が生じる。そして無菌性壊死を起こしているのかも知れない。問題は感染を起こさないことで、早く診断を受けた方がよい」

と言う。なんだか恐ろしいことになってきたなとまたしても暗雲がかかる心地だった。

ちょうど一〇月二九日がＩＣＤの定期フォローアップの日だった。ハロウィーンの季節で、

街のあちこちに大きなお化けのかぼちゃを見ながら、UPMC（ピッツバーグ大学医療センター）へむかった。担当のサバ先生は故郷のレバノンへ旅行に行っている由で、代診の女医さん、ブロード医師を診察室で待っていた。医師が診察室で患者を待つのでなく、患者が診察室で医師を待つのだ。

なかなか来ないブロード医師を待っていると、偶然廊下をバーリントン先生が通りかかるのに妻が気づき会釈した。一月末にICDを入れ直す手術をしてくれた先生だ。先生も気づき、握手をしに入ってきた。すかさず私は、言い損ねないようあらかじめ症状と田中先生のコメントを書いておいたペーパーを差し出し、口頭でも説明した。

先生はペーパーを読み私の左の胸を見て

「私も圧迫壊死を起こしていると思う。皮膚と筋肉の間に入っているICDを筋肉の内側へ入れ直す手術を明日しよう。ぐずぐずしていると穴があいて感染の問題が出てくるし、ICDを右の胸に入れるはめになる」

とえらく急な話になってきた。

「一晩の入院ですむ。手術は一時間弱だ。胸の痛みはこの手術で一掃される」

と先生はいかにも簡単に言ったが、とんでもなく長い入院の端緒になった。それにしても、田中先生の日本からの診断の的確さに驚いた。

一〇月三〇日、朝八時前妻の運転でアパートを出、九時前ＵＰＭＣのプレスビー病院に着いた。またまた二階の受付で入院と手術の手続きをし、「何事が起こっても文句は言いません」という趣旨の例の誓約書にサインし、六階の手術準備室へ行った。ナース・プラクティショナー（準医師）のリーンと看護婦のクリルとが準備を開始した。今日の手術は眠り薬と局部麻酔を用いるという。

一一時、六階の待合室へ行く妻と別れ、三階の手術室へ運ばれた。リーンたちとはちがう二人の看護士と一人の看護婦による準備が延々と続く。仰向いて寝かされている私の背中にレントゲン板が入れられ、眠り薬を注射されるといつのまにか眠ってしまった。一二時前だったと思う。

「オール　ダン（完了）」という声で目が覚めるとまだ手術室で、バーリントン先生の姿はなく、声をかけた看護士が一人いるだけだった。時計は一時半を指している。それからまた眠ってしまい、気がついたら四二〇号室という病室に寝かされていた。みると個室ではあるが、トイレが隣室との間にあって共用になっていた。

間もなくバーリントン先生がやってきて

「インフェクション（感染）を起こしているのでＩＣＤとワイヤ（リード線）を一旦取り去った。しかし一月に残した古いブロークン・ワイヤ（断線したリード線）を取る設備がないので、クリーブランド・クリニックへ行って取ってもらう。そのあとここへ戻ってきて新しいＩＣＤを入れる」

と言った。

三時、六階の待合室に行ったままの妻を、看護婦に呼び戻しに行ってもらった。誰も呼びに来ないので妻は心配していたらしい。五時までいて、彼女は帰って行った。

夜一〇時、リピトール（コレステロールを抑える薬）一錠とロプレソール一・五錠をのみ、血液を採取された。そのあと三〇分間インフェクションに対するクリンダマイシンなる抗生物質の点滴を受けた。その直後から背中に発疹があり痒い。医師と看護婦が見に来て、明朝の様子をみて薬をかえるかも知れないと言う。

一一時半、点滴専用の左手の甲から静脈注射を三発うった。

一〇月三一日、朝五時半から検温、血圧測定、血液採取、点滴などが相次ぐ。

一〇時、妻がやって来た。こんなことがもう何回目になるだろう。でもやはり妻の顔をみるとほっとする。ほどなく前日のリーンが入ってきてガーゼ交換をしてくれた。左の胸は塞いでおらず、血まみれのガーゼを引きずり出し新しいガーゼを入れる。こうして中のバクテリアを出すのだという。痛み止めの注射を二本左手の甲にうってからやってくれたが、気持のいいものではない。

一一時半、昨夜と異なる抗生物質を点滴した。ンワなる黒人の女医さんが、ラボ（検査室）でバクテリアの検査結果が出るまで一両日かかると言って行った。

三時ごろあの経理担当のアレックが見舞いに来てくれた。クリーブランド・クリニックの施設や通訳について訊いたら、すぐオフィスに戻って、クリーブランドのインターナショナル・オフィスを教えてくれた。一月に入院したときとちがって、軽症患者の病棟のせいか、電話が枕もとに置いてあるので、クリーブランドに電話してみると、サマンサと名乗る女性がたどたどしい日本語で出てきた。歩いて二分のところに、患者の家族やドナー待ちの移植患者などのためのゲストハウスがあるという。

四時ごろ妻が帰宅したあと、サマンサから聞いたと言う川崎和子さんなる女性から電話があった。てきぱきした人で、通訳を一三年やっているそうだ。ピッツバーグの藤原さんのような存在らしい。以後通訳にとどまらずあらゆる側面援助をしてくれ、一人も日本人の見当たらないクリーブランドで、それはそれは頼りになるありがたい存在となった。
夜九時半から一〇時までふたたびクリンダマイシンの点滴、今度は薬疹は出なかった。

一一月一日、朝六時検温、血圧測定（一〇九と五八）、採血。そのあと一時間半に亘ってクリンダマイシンの点滴。きょうから一日三回にするという。エイミーというかわいい看護婦だ。もう一人ミッシーという元気のいい看護婦が「オハヨー」と入ってくる。義姉が日本人なのだそうだ。ロプレソール、フォリック酸、アスピリン（血栓防止のため）をのむ。
ナース・プラクティショナーのローリーがやってきて
「今までのところ、あらゆる培養はインフェクションに対して陰性だ。インフェクションのドクターは、インフェクションではなくてアレルギー反応だろうと言っている。しかし安全のために、もうしばらく抗生物質を投与する。
クリーブランドでは、ブロークン・ワイヤを取り出すだけでなく、新しいＩＣＤも入れることにした。ブロークン・ワイヤを取り出すだけで帰って来るなら、ＩＣＤが入っていないから、万一心室細動が起こったときのためにまた救急車を使わなければならないから」

とのことだった。
午後、バーリントン先生が入ってきて
「クリーブランドのドクター・ウィルコッフにコンタクトし、あなたのことを頼んだ。ワイヤを撤去する技術については世界的なレベルを持っており、特殊なレーザー機器でワイヤをカットしながら撤去する。新しいICDは今までのより小さいが性能は同じで、バッテリーの寿命は四～八年と言われている。左の胸は治療しなければならないから右の胸に入れることを勧める」
と言った。

一一月二日、クリーブランドへ転院する日が来たが、アンダーソン先生もバーリントン先生も来ないので、別れる前に二人に病室に来てもらった。バーリントン先生は
「今のところ、ICDのポケットからは培養してもバクテリアは生長していない。ICDを取り出す前に大量の抗生物質を投与したため、バクテリアが抑えられゆっくり生長しているのだろう。バクテリアが見つからないので、昨日インフェクションのドクターはアレルギー反応とみたのだろう。しかし私は白血球（うみ）をICDポケットにみていないので、そうは思わな

い。一月にブロークン・ワイヤを残したときにもしアレルギー反応を起こしていたら、そのときにもうみをみていただろう。ＩＣＤが皮膚を侵食し始めているので、私はバクテリアに感染されていると思う。ブロークン・ワイヤが抗生物質によって殺菌される保証がないので、そのワイヤを撤去し将来のインフェクションを防ぐのだ。

心室細動が起こる確率は依然として一〇～一五％あり、病院の中で起これば助けられるが、病院外だと死ぬしかない。ＩＣＤを入れておけばどこで起こっても助かるから、ＩＣＤはやはり入れておくことを勧める」

と長々と話した。アンダーソン先生に

「先生はどういう意見か」

と訊くと

「同じ意見だ」

と答え、「グッドラック！」と言って去った。

ソーシアル・ワーカーのペギーが、クリーブランドへの救急車を一、三〇〇ドルで手配したと言いに来た。クリーブランドの川崎さんからは、妻のためのゲストハウスを一日八五ドルで予約したとの電話があった。朝一〇時妻は一旦帰宅し、身の回り品を持って一二時すぎふたたびやってきた。そのころリーンが左胸のガーゼを交換しに来てくれたので、クリーブランドへの出発が遅れた。

二時すぎ、ケリーという人のよさそうな屈強の男と黒人の女性が私を救急車に運び込んだ。てっきり男が運転手で女性が看護婦だと思っていたら、女性が運転席に座ったから驚いた。助手席に妻を乗せクリーブランドにむけて出発した。途中ずっとラップを鳴らし続けている。陽気な救急車だ。ケリーは、出発前看護婦ができなかった点滴のポイントの左手甲から左腕への移行を、鼻歌まじりでやってのけた。医療行為もできるらしい。ぺらぺらよくしゃべる男で、約三時間ずっと話し相手になった。

**●妻の記●**

しばらくは何事もなく平和な日々が続いていた。ところが、九月末ごろから主人の左胸に入っているＩＣＤの下の部分が赤紫色になってきた。一〇月末定期診断のときに診てもらおうとＵＰＭＣへ行った。診察室で待っていると、偶然バーリントン先生に会った。一月にＩＣＤを入れてくださった先生で、髭に特徴があったので覚えていた。先生も覚えておられ、事情をお話するとすぐ診てくださって、感染症を起こすかも知れないのであす入院して手術しようとおっしゃった。またまた入院騒ぎだ。

翌日左の胸からICDを外す手術が行なわれた。ICDは無事取り出されたが、一月に残しておいたワイヤがもし感染していたら心臓まで腐ってしまうので、どうしても抜き取りたいのだが、UPMCにはそれができる設備がないので、クリーブランド・クリニックへ行くようにと言われた。

主人が親しくなっていたアレックさんにきいたところ、クリーブランドの病院には日本人の面倒をみてくれる女性がいることがわかった。その川崎さんから、早くも翌日にはクリーブランド・クリニックについての書類や主人の病歴などを書き込む書類がフェデックスで送られてきたので、彼女の素早い対応に安心した。

一一月二日、いつものように朝主人の病室へ行ったら、ドクターから、今日クリーブランドへ転院するが出発までどのくらいの時間で準備できるかときかれ、身の回り品は一週間分くらい用意すればよいだろうと考え、往復のための二時間を含め三時間ほしいと答えた。すぐ自宅へ引き返し、思いつくままスーツケースにいろいろ詰め込み病院に戻った。

ＩＣＤを外しているので、心室細動にそなえ除細動器を積んだ救急車で出発した。黒人の小柄な女性と腕に入れ墨をしたスキンヘッドの大柄な男性が乗るので、男性が運転するものとばかり思っていたら女性が運転席に座ったので、いかにもアメリカらしいなと妙に納得した。女性の運転手はすぐラジオをかけ、ラップを車内に流した。初めのうちは違和感を覚えていたが、長く乗っているうちに気分が楽になり気にならなくなった。途中二人に何もしてあげられないので、持っていたチューインガムをあげるととてもよろこんでくれた。

# 6

# クリーブランドへ。最難関の心臓手術

2001.11. 2 ～11.12

クリーブランド・クリニック

クリーブランド

ピッツバーグからの救急車は、隣の州のオハイオ州クリーブランドに入るところで道に迷いながら、クリーブランド・クリニックに五時一五分到着した。UPMCとは比較にならない広大な構内だ。救急室入口に横付けになり、ケリーが受付でいろいろ書類を書いてサインしている。彼と運転手に握手して別れたあと、そのままG一一〇一八号室に入院した。ピッツバーグで三つの病院に五回入院したのがいずれも個室だったのに対し、ここは二人部屋だった。入口側と窓際にベッドが置かれており、私は窓際を取った。入口側は空いているので事実上個室だった。一一階なのですばらしい眺めだ。

出された夕食を私が食べるのを見届けると、妻は近くのゲストハウスへ去った。ピッツバーグでは、暗くなりつつある夕方の道路を一時間近く運転して帰る妻を見送りながら、いつも心配していたが、ここではすぐ近くのゲストハウスへ帰って行くので安心だった。

一一月三日、クリーブランドで初めての朝が明けた。一一階から見ていると、七時一〇分ごろ地平線から太陽が顔を出し、遠いダウンタウンが急速に明るくなってゆく。以後終日快晴だった。昔から一一月三日は必ず晴れるというジンクスがあるが、アメリカでも同じかと考えていた。

看護婦が入ってくる。血圧一〇五と七四、体温三六度七分、酸素九六。八時すぎ妻がやってきて、ゲストハウスはすばらしい設備だという。

一〇時半ごろドクター・カリムと名乗る若い医師が、今回の手術とその後について

「ブロークン・ワイヤを抜く手術は、慎重にゆっくりゆっくりレーザーでカットしていくので三時間かかる。手術は三日後になる。多分その二日後、インフェクションの状態をたしかめながら新しいICDを左胸ではなく右胸に入れる」

と説明してくれた。あとで妻がワイヤを抜く手術の安全率を心配していた。

一一時半、今度はインフェクションを担当しているキムだと名乗る女医さんが自己紹介に現れた。韓国系の人で、カリム先生とともに入院中よくやってくれた。

午後二時半、正面、横の二枚の胸部X線を撮るために地下へおりた。

三時半、さらにドクター・モサッドと名乗る医師が来て

「退院後も抗生物質を静脈から入れ続ける必要がある。その具体的な方法は後日説明する」

と告げて行った。

四時半、当番看護婦のマリアが点滴のポイントを右腕にかえ、抗生物質オクサシリンを点滴した。このとき血圧九七と六六、体温三六度九分、酸素九五。

六時半、マリアが右腕からアクセセマイシンを点滴したが、その上の静脈が痛んだので中止した。

九時、マリアは左腕に点滴のポイントを変更した。結局オクサシリンを夜中一二時以後六時間おきに点滴することになったと言う。このとき彼女は左胸のＩＣＤを取り去ったあとのガーゼ交換をしてくれたが、傷口の奥にまでガーゼが入っていることに気づかず、血まみれのガーゼをずるずると取り出してからあわてて消毒液、ガーゼ、手袋などを取りに走った。このときさらにリピトール一錠、ロプレソール一・五錠をのんだ。

八時二〇分、妻はゲストハウスへ去った。

この病院に一昼夜いて気がついたのだが、ベッドで自由にみられるテレビのチャンネルが一〇〇近くあるが、ＡＢＣ、ＮＢＣ、ＣＮＮなどの有力チャンネルのほか、この病院の中だけに放映しているアラビア語放送がいくつかある。奇異に思ってあとできいたところによると、この病院は世界最高の心臓病治療技術を持っているために、アラブの王様や貴族がわんさと入院しており、その多額の寄付や資金で維持されているそうだ。ところが、つい一ヵ月半ほど前同時多発テロが起こり、イスラムに対する国民感情が悪化したため、アラブの王様、貴族がいっせいに国へ引揚げ、資金も引揚げたので財政ピンチに陥りつつあると聞いた。
点滴を次々にうたれているが、からだは元気なのでテレビを時々みていると、この夜野球のワールドシリーズ第六戦が始まった。ダイヤモンドバックスの格好いいランディ・ジョンソンが快投を見せ、一五対二で大勝し三勝三敗に持ち込んだ。翌日の夜決勝戦が行なわれ、七回ダイヤモンドバックスが一点先取するとヤンキースが二対一と逆転した。八回からダイヤモンドバックスは、前日投げたばかりのランディ・ジョンソンをふたたび投げさせ、九回裏同点に追いついてなお一死満塁、ここでサヨナラヒットが出て劇的な幕切れとなった。ジョンソンは同僚のシリング投手とともに最高殊勲選手に選ばれた。ヤンキースのクレメンス投手とともに印象に残る選手で、無聊をかこつなか久しぶりに興奮した。

一一月四日、妻が来て間もなく、カリム先生が来て
「ブロークン・ワイヤを抜き取る危険率は合併症が一%、死亡は一、〇〇〇人中四人。しかしそれはあなたよりもっと状態の悪い人の場合で、あなたの危険率はもっと小さい。新しいICDは小さいが、筋肉の下に入れるのはむずかしく、皮膚の深い部分に入れる。日本人の皮膚がうすくてICDが突出することはわかっているが、自分たちは経験豊富だから任せてくれ」

と言った。妻は手術の安全率がわかってほっとしたようだ。ところが実際には、二日後に行なわれた手術はかなり危険を伴ったようだった。

夜、ガーゼ交換をしてくれたマリアが、ハロウィーンの日に撮った家族の写真を見せてくれた。彼女にそっくりの五歳の男の子、三歳の女の子、見るからにナイスガイのご主人と彼女が食卓を囲んでおり、とても幸せそうだった。

一一月五日朝、今日の担当看護婦だとジーナとバーバラが揃って現れた。ジーナといえばロブリジーダの映画「ひまわり」を思い出すと言うと、二人は知らないと言うので、戦争に出て行ったまま何年も帰ってこない夫をイタリアからロシアまで探しに行って再会できたが、そのとき夫はすでに現地で結婚していたというストーリーを話すと、「戦争はそんな悲劇を生むのね」と二人はえらく感動していた。バーバラはメグ・ライアンに似ていた。

日本の息子にコレクトコールで経過報告をした。こちらが負担すると言っても、交換手は本当に支払ってくれるのかと疑っているのか、なかなかつないでくれないが、コレクト（先方負担）だと言うとすぐつながる。息子は黙ってきいていたが、代った妻に「お父さんはがっかりしていないか」ときいていたそうだ。

昼ごろ、空いていた隣のベッドに入院があった。年配の男性で、ほとんど眠っているのにテレビをかけっぱなしにしていた。私の方はテレビをイヤフォーンできくことにかえた。

いよいよ明日手術だというので、夜絶飲食に入った。オクサシリンの点滴は相変らず六時間おきなので、夜一二時から小一時間かけて点滴しても朝六時にはまた起こされる。少々睡眠不足に陥った。

一一月六日、女医のキム先生が

「多量の抗生物質を投与しているからだろうが、今のところ血液検査の結果ではバクテリアは出ていない」

と報告に来た。

昼前、廊下で最後のウォーキングをした。妻はゲストハウスを見て四五度くらい下方を指し、あそこが自分の泊まっている部屋だと言った。はるかかなたを眺めると、五大湖の一つ、エリー湖の湖面がきらきら光り、船が小さく見えていた。

一二時半看護婦のシェリルが手術の予告に来、一時半、うす暗い待合室でなく明るい病室で待つという妻に見送られ、二階の手術室へむかった。川崎さんが付き添ってくれて、一緒に手術室に入った。彼女は宇宙人のような手術用の服に身を包み、局部麻酔で行なうなどの手術に関する説明を通訳してくれた。左右の太腿の付け根を剃毛するので、なぜかなと思っているうちに眠ってしまった。

看護士の呼ぶ声で目が覚め、あたりを見回すと病室のベッドの上で、時計は夜の九時一五分を指していた。この七時間余について妻は次のように語った。

四時四五分、手術が終わった旨の電話が入った。待合室へ行き、執刀したサリバ先生の話をきいた。

・左胸ポケットのブロークン・ワイヤは五㎝くらいあったが全部抜いた。このとき組織もレーザーで焼いたのでとても痛い。痛み止めとして日本人に合うダムロを使っている。
・左胸ポケットは閉じた。
・閉じた胸ポケットに血液がかたまらないように、外へドレンを出している。
・心臓をモニターするため、左右の太腿の付け根からカテーテルを入れすぐ抜いたので、四時間くらい両足を動かさないようにする。
・バクテリアがあるか否か培養して調べる。これに時間がかかる。
・左の胸が落ち着いたら右の胸に新しいＩＣＤを入れる。

そのあとシェリルが一時間おきにドレンの血を抜いてくれた。夜一二時になっても相変らず隣のベッドのテレビが鳴りっ放しなので、消してもらって眠った。胸の痛みはサリバ先生が言うほどではなかった。

一一月七日の朝、日本の田中先生から激励の電話がかかってきた。うれしかった。これからＩＣＤを入れるというが本当に必要なのかと彼は疑問を呈した。

回診に来たカリム先生にこのことを問うと、

「過去に心停止を起こしたという事実があるのだからＩＣＤは必須だ」

と答えた。田中先生の疑問は、欧州あたりではＩＣＤの使用についてはかなり慎重だが、アメリカでは安易に使いすぎるというところにあるようだ。たしかに莫大なコストがかかるという問題もある。

午後、体温は三七度五分、血圧が八六と四八まで落ちたのでロプレソールの量を五〇㎎／回に落した。

前日手術前に最後のウォーキングをしたつもりだったが、早くも歩くよう指示され、廊下をウォーキングした。この日は曇のためエリー湖は霞んでいた。夜中、また隣人のテレビを消してもらって就寝した。

一一月八日、キム先生が「培養、血液検査ともバクテリアが出てこない」と報告して行った。夕方カリム先生が閉じた左胸から抜糸し、腹からドレンを抜き取ってくれた。さっと抜くのだが、バイパス手術のあと抜いたときと同じように、胸にむかむかと嘔吐感を覚えた。

一一月九日朝、キム先生が
「培養の結果ブロークン・ワイヤからバクテリアが出た。しかし血液検査では出ていないので心臓には感染していない」
と説明に来た。

そのあとカリム先生が来て、次のような話があった。

・三日後の一二日、右胸にＩＣＤを入れる手術をする。手術時間は二時間で、危険率はブロークン・ワイヤ抜き取りのときより小さい。新しいＩＣＤのワイヤは二本にする必要はなく、一本にする。今度のＩＣＤの大きさは従来の二分の一になる。

・今回の病名はブロークン・ワイヤが感染されていたから、結局インフェクションということになる。
・退院は手術後二日目になる。その後二、三週間でビジネスに復帰してよい。
・退院後四、五週間抗生物質を点滴してもらうが、そのあとは国内であろうと日本であろうと自由に動いてよい。
・退院後二週間からくるまの運転はOK。ピッツバーグの医師は八ヵ月禁じたそうだが、自分たちの多くの経験から、そんなに長く止める必要のないことがわかってきたからだ。

夕方、隣の老人が手術に出て行った。看護婦のサラによると、けがをした腹の手術で、今晩は集中治療室で過ごすという。夜中そのあとへ入院があり、医師や看護婦があわただしく出入りする。初老の男性で、心臓発作を起こしたらしい。

当方は当番の看護婦リーが静脈注射の刺針ができず、同僚を呼びに行く始末で、あちこち刺されて痛い目にあった。

一一月一〇日、レームと名乗る大柄で美人の先生が現れた。見たところ四〇歳前後だが、クリーブランド・クリニックのインフェクションの大元締めらしく、キム先生たちを従えていた。
「オクサシリンの副作用は下痢、薬疹などだが、今までのところ問題ない。もし発症すれば直ちに中止する」
と言った。笑顔の美しい人で、五月に横浜でインフェクション学会があり、プレゼンしたあと東京を一日見学したと楽しそうに語った。

一一月一一日、抗生物質をめぐってちょっとした騒動がもちあがった。夜中リーがオクサシリンを点滴しながら、「このあと今までの六時間おきから四時間おきに変える。そのかわり今まで所要時間約四〇分だったのをゆっくりにして約一時間にする」と言う。そのことば通り、明け方三時四〇分に起こされ四時五五分までかかって次の点滴を受けた。その次は朝の八時四〇分から九時五〇分までとひっきりなしで、おちおち寝ていられない。

その二回あとの午後四時四〇分から五時半まで点滴したあと、マリアが
「今夜九時ごろバンコマイシンが入荷次第オクサシリンをやめてバンコマイシンを日に二回点滴する。一回に二時間かける」
と言うからびっくりした。

「すでに申告している通り、バンコマイシンはアレルギーが強くてだめだ」
と、前年初めてICDを入れるとき強烈な副作用が出て手術を中止したことがあることも挙げて、翻意するよう迫ったが
「副作用が出たらすぐ点滴を中止する」
とのんきなことをいう。
マリアではらちがあかぬと考え、レーム先生あてに
「昨年八月ICDを入れる手術前バンコマイシンを点滴したら、全身熱くなり薬疹が出て腕が腫れたので手術は延期となり、翌日セファゾリンを使って手術した。バンコを使うことは拒否する。他の適当な抗生物質を用いるよう再考してもらいたい」
と手紙を書き、ミーティングルームに七、八人の看護婦とともにいたマリアにこの手紙をレーム先生に手渡すよう頼んだ。
二時間ほど経ってマリアが
「当直のインフェクション・ドクターと話した結果、明朝ドクター・レームと話してもらうまでバンコもオクサシリンも中止する」
と言いに来た。

「あした手術というのに一切中止とはおかしいではないか」
と迫ると、マリアはふたたびインフェクション・ドクターのところへ引き返した。その結果
「バンコはやめてリネゾリッドに代える。日に二回、二時間かけてゆっくり点滴する。副作用があるとしたら筋肉痛くらいだ」
と言う。さらにマリアは
「オクサシリンは殺菌力が弱いからやめるのだ」
と言うので、不安を持ちながらも受け入れることにした。
　その夜半二時ごろ、ふと目が覚めたらリネゾリッドの点滴をされている最中だった。リーは一二時半から始めていると言い、三時までかかった。幸い副作用は出なかった。
　翌朝キム先生が来て
「ブロークン・ワイヤだけでなく左胸ポケットも感染していることがわかったので、菌を殺せないオクサシリンからバンコに代えようとした。バンコがあなたに合わないことは知っているので、ゆっくり入れようとした」
といきさつを説明してくれた。そのあとバーバラがリネゾリッドを点滴し、手術室へむかうこ

ととなった。

（田中医師の「コメント5」および二五三頁参照）

**●妻の記●**

一一月二日の夕方、やっとクリーブランド・クリニックに着いた。ピッツバーグのUPMCも大きかったが、ここはまるで総合大学のキャンパスのような広さで、各建物の間を循環バスが走っていた。主人は二人部屋に入った。日本人の通訳の方が来られ、近くにある患者の家族用のゲストハウスへ案内してくださった。ゲストハウスにはレストランもあったが、一人で入って食事する気にはとてもなれなかった。暗くなったので、近くのドラッグストアで翌朝用のパンを買うだけにとどめた。

こうしてクリーブランドでの生活が始まった。前にピッツバーグへいろいろな書類を送ってくださった川崎さんが病室に来られたので、主人と二人挨拶をした。

次の日、一一階の病室の窓から外を見ていると、ヘリコプターがこちらに向かってくる。同時多発テロがさきごろあったばかりなのでひやっとしたが、ヘリは旋回して隣の病棟の屋上におりた。以前日本のテレビで、アメリカでは遠距離でも患者をヘリで運ぶ光景をみたことがあったが、これがそうなのかと合点した。すかさずその病棟の階下から移動ベッドを乗せたエレベーターが上がってくるのが見えた。屋上で止まり、ヘリの横まで行って患者を乗せ、あっという間にまたエレベーターで下りていった。以後日に三、四回この光景をみた。あの中にはドナーの心臓を運んで移植手術をする場合もあるのだろうと思った。余談だが、実は私たち二人もピッツバーグで自動車の免許を取ったときドナーの登録をしていた。

一一月六日、ブロークン・ワイヤを抜き取る手術の日がきた。家族用の待合室で待つかと言われたが、照明が落してあるうす暗い部屋なので気持が滅入ると思い、窓の外を眺めることができる病室で待つことにした。

一人待っていると、思いがけず日本の田中先生から電話がありびっくりした。先生はいつものようにいろいろアドバイスをしてくださったあと、この手術は日本ではできる医師が少ないくらい大変むずかしくて、いのちにかかわることがあると心配しておられた。

隣のベッドの患者さんの家族が現れた。これからバイパスの手術をするのだそうだ。今まで軽い挨拶をするだけだったが、この日は娘さんがみかんをくださった。そのあたたかな笑顔に「ありがとう」と言った。とてもうれしかった。

　三時間ほど経って川崎さんから電話がかかってきた。手術が終わって執刀医のサリバ先生の話があるから待合室へ来るようにと言われた。急いで行くと、アラブ系の顔をした先生が
「三時間かけて今手術が終わり、五㎝くらいの細いヌードル状のワイヤをレーザーで焼きながら取ることに成功した」

と言われた。むずかしい手術ときいていたので、本当にうれしくありがたかった。

　先生が去られたあと、手術に立ち会っておられた川崎さんによると、手術中一時は危ないこともあり、至急救援チームが駆けつけて事なきを得たそうだ。手術が終わるやいなや、サリバ先生は大きくため息を吐いて、椅子に倒れるように座られたという。だれかがチョコレートを配って雰囲気がやわらぎ、みんなほっとして食べたそうだ。それらの光景が目に浮ぶようで、主人はいい人たちにめぐり会い助けられていると感謝した。

　あとでわかったことだが、サリバ先生とピッツバーグでお世話になったサバ先生とはいとこ同士だそうで、なんというめぐりあわせだろうと思った。

それからバクテリアの検査に時間がかかり、一週間滞在のつもりがそれではすまなくなっていた。私は食欲がなくなって、朝はバナナ、昼は病院のカフェテリアでの軽いスープかコーヒーにパン、夜は何も食べずにゲストハウスに帰ることが多かった。

バクテリアの検査とそれに対応する抗生物質のことでキム先生やレーム先生がよく来られた。レーム先生は背の高いやさしそうな女性で、横浜へ行ったことがあると言っておられた。

その後バンコマイシンを使うと言われて、主人は去年ＩＣＤを入れる手術の前にひどい副作用があったことを理由にその点滴を拒み、一騒動起こったこともあった。

隣の患者さんがいよいよバイパス手術をすると言うので、奥さん、息子さん、二人の娘さんが来てばたばたしていた。主人が検査で出て行ったあと、この家族の人たちが暗い気持で待合室におられるのではないかと思い、みかんのお礼にコーヒーを持って行ってあげたらとてもよろこんでくださった。

# 7

# 最後の心臓手術

2001. 11. 12～11. 14
クリーブランド・クリニック
クリーブランド

一一月一二日、新しいＩＣＤを入れる日になった。これでこの三年近い間に、七回の心臓手術をすることになる。七転び八起きで、今度こそは最後の手術になってほしいと心中願っていた。

昼一二時すぎ、車椅子で二階におりた。今までのようにストレッチャーに乗せられてではない。手術室に入ると、前の手術のときと同じ看護士が二人いろいろ準備をしていた。今度は太腿の付け根への注射もなく、従来より軽い手術のようだ。ドクター・チューと名乗る東洋系の顔をした先生が入ってきて、「私が執刀します」と言った。

眠り薬と局部麻酔を使うということだったが、ちっとも眠くならず、青い布を全身にかけられ、右の胸だけ露出していることがわかっている。今右胸をぎーっと切ったな、そこへＩＣＤをぐーっと押し込んでいるなとすべてわかっている。

二時半には「オール　ダン」の声。あっけない手術だった。準備室でしばらく休養していると、時計は三時を指した。病室には寝たまま戻り、歩いてベッドに入った。看護婦が検温などをしてくれる。体温三六度〇分、血圧九九と六八、酸素九六、脈拍六二だった。五時半痛み止めをのむと妻はゲストハウスへ去り、私は夜中まで熟睡した。

翌日、キム先生から
「培養の結果、左胸のポケットからスタフィロコッカス（ブドウ状球菌）が出た。この菌に対してはバンコマイシンがベストだ。アレルギーを防ぐ薬としてベナドゥリルをのみ、三〇分後からバンコをゆっくり二時間かけて入れるテストをしよう。その結果によって今後の処方を組む」

との説明があった。

午後三時前、ベナドゥリルをのみ、三〇分後から二時間半かかってバンコを点滴した。バンコは七五〇mgを一五〇ccで希釈している。じっと見守っていたが、終わってからも副作用らしいことはなくほっとした。この結果を受けてレーム先生が来て
「バンコは次は一時間半、その次は一時間かけることにする。退院後は朝九時と夜九時の二回にする。ベナドゥリルは今後ものむ。もし副作用があるとすれば口が渇くことだ」

と説明して行った。

「今回のあなたの主治医のドクター・シュワイカートです」

と若くてみるからにエネルギッシュな先生が現れた。初対面だ。ピッツバーグのバーリントン先生がコンタクトしたというウィルコッフ先生が主治医でなく、シュワイカート先生が主治医

だったのだ。この先生はまだ四〇歳前後だが、クリーブランド・クリニックのＩＣＤやペースメーカーの実力者らしく、その後通院しているときも、多くの医師や看護師が「ドクター・シュワイカートはこう言っていた」となにかにつけて引き合いに出していた。

シュワイカート先生はユーモアを交えながら

・今回の症状名はインフェクション（感染）。

・新しいＩＣＤは三〇ジュール（ワット／秒）で、頻脈二〇〇～五〇〇のとき三〇ジュールの強さで六回電気ショックを与え、一五〇～二〇〇のときは三回まず弱く、そのあと三〇ジュールの強さで一～六回電気ショックを与える。

・次の定期診断は六週間後インフェクション・ドクターを含めて行なう。

・今回の入院、手術に関するすべてのメディカルレコード（カルテ）はピッツバーグのＵＰＭＣとあなたに送る。

・多量の抗生物質蓄積による副作用の心配については、腎臓機能テストが必要。

等々誠実かつ親切にこまかく説明してくれた。いっぺんに惚れ込んだ先生だった。

翌一一月一四日、久しぶりにカリム先生がやってきた。二日間アナハイムの心臓学会へ行っていたと言う。田中先生も出席すると言っていた学会だ。きのうシュワイカート先生が言っていた腎臓機能のチェックについては、三週間に一回ピッツバーグで血液検査するようにとのことだった。

マリアが、退院後バンコマイシンを自分で点滴する方法を図に書いて説明してくれた。そのあと大柄な二人の女性が来て、自分で点滴するためのピック（PICC）ラインを左腕内側の静脈から心臓の近くまで五三cm入れた。うまく入っているかどうか確かめるために歩いて地下へ下り、左腕から心臓にかけてX線写真を撮った。その結果、ピックラインは的確に入っていることがわかり、即退院となった。マリアは「あなたに会えてよかった」と言いながら見送ってくれた。

病棟の玄関へ出てくると、立派な壁の装飾とソファがあり、美術館のロビーのようだった。循環バスに乗ってゲストハウスにむかい、妻がすでに一二日間も住んでいた四二六号室に入った。広々としたツインルームだ。妻は洗濯などをはじめたが、私はすぐ寝入ってしまった。

翌日、退院後の初日なので、朝八時半までぐっすり眠った。パンと牛乳、バナナの朝食を妻ととった。今まで一一階の廊下から眺めていたゲストハウスだが、その四階から逆にハートセンターの一一階を見上げることになった。今となっては、救急センターの屋上ヘリポートにヘリコプターがよく離発着していたのも思い出た。

一〇時ごろ、段ボール一箱のバンコマイシンと点滴機器が配達された。すかさず、クリーブランド・クリニック・ホームケア（訪問看護婦会）のティナと称する若くてきぱきとした看護婦が現れた。血圧、体温、脈拍などを測ったあと、前日つけたピックラインからバンコの点滴をはじめ、一時間一五分後に終了した。一分間五四滴のペースだった。

一二時、妻とともにゲストハウスのレストランへ行き、シュリンプなどを食べながら退院を祝した。

ゲストハウスに滞在するのは二日間にして、翌日ピッツバーグへ帰ることにした。私のアフターケアがピッツバーグの訪問看護婦に引き継がれることが決まったとたん、この朝来たティナが、夜と翌朝の計三回来るので三回分三二七ドルを今から徴収に行くとの電話がホームケアからあった。間もなくマイケルと名乗る集金人が部屋にやって来たので、三二七ドルの小切手を切って手渡した。

その夜、ふたたびティナが現れ、ピックラインから一時間一五分かけてバンコの点滴をしてくれた。彼女は落着いていて、どんな質問をしても的確な答えが返ってくる。二月に来てくれていたピッツバーグの訪問看護婦に比べると、まるで質がちがう。訊くと、クリーブランド・クリニックで看護婦をしていたが、重労働に耐えられず訪問看護婦に転向したそうだ。

一一月一六日朝、ティナではなく、目のぎょろっとした黒人の女性グローリアが来て、ピックラインから一時間一〇分でバンコの点滴をしてくれた。左胸ポケットの抜糸をしてくれたが上手でなく、少し出血したのであわててガーゼを当てた。

「バンコのために腎臓を傷めるおそれがあるので、水を毎日六杯から八杯のむように」と教えてくれた。

彼女が去ったあと、ピッツバーグの訪問看護婦会に電話すると、二月に声だけだが親しくなったメリーが出てきたので、今夜七時までにはピッツバーグの自宅に帰るのでそれ以後点滴に来てほしいと頼んだ。クリーブランド・クリニック・ホームケアから引継ぎが送られているようで、メリーは先刻承知とばかりOKした。

一一時、ゲストハウスをチェックアウトし、ロビーで待っていると、ピッツバーグから三時間かけて会社の稲川雅久君がくるまで迎えに来てくれた。レストランでランチをともにしたあと、おいしいと評判の高かったケーキをみやげに買って帰ったが、一切れといっても四人分くらいある巨大なもので、いかにもアメリカらしかった。なるほどおいしかったものの朝食がわりになるほどのボリュームだった。

彼の運転でピッツバーグへむかい、四時二〇分UPMCに着いた。妻が置いたままだったくるまを引き出すとき、本来なら一五日分の駐車料金を支払わなければならないのを、付き添ってくれた稲川君が巧みな英語を駆使し、わずか四五ドルですませてくれたそうだ。

ここからは妻が運転しわが家に帰った。一晩の入院のつもりで出た自宅へ一八日ぶりの帰還となった。思いがけずクリーブランドくんだりまで行き、むずかしい心臓手術を受け、よくぞ生きて帰れたと、世話になった多くの人たちを思い浮かべながら、感謝の気持でいっぱいだった。今まで何回も退院して帰ったわが家だが、今回は格別の感慨があった。

約束どおり訪問看護婦のベスが七時四〇分ごろ訪ねて来た。まず手付金九〇・五ドルを支払った。なんでもまずカネありきの国だ。カネさえ払えば何事もスムーズにことは運ぶ。カネを受け取ると、ベスはピックラインから一時間一〇分かけてバンコを点滴してくれた。点滴しながら彼女も、毎日水を八杯のむようにとか、バンコを注入する速度はクランプの開閉で調整せず、腕の折り曲げやチューブを外してまたつなぐなどの方法を試みるようにといったアドバイスをしてくれた。

彼女が去ったあと、左胸から脇の下にかけてうすい血のようなものが流れ出し、アンダーシャツを一面に汚していることに気がついた。先日閉じたドレンの跡かららしいが、とりあえず手持ちのガーゼをあてがった。


翌朝日本の筧社長や息子に電話で退院の報告をした。息子のお嫁さんが出てきて、「今つわりの最中です」と言うからびっくりした。二人目のこどもができたと言うのだ。うれしかった。息子夫婦の長男が生まれたのは、私が心室細動を起こし九死に一生を得た前日だったが、今度は難手術を終えて生還した翌日で、なんとなく因縁めいたものを感じた。

朝、訪問看護婦のメリーがやって来た。前日クリーブランドから電話したとき出てきた人だ。肝っ玉おばさんといった風情で、太ってどーんと落ち着いている。ピックラインからバンコの点滴を妻にやらせて指導している。検温、血圧測定などの必要性がうすれ、点滴だけのために訪問していられないということで、妻にバトンタッチしようと言うのだ。

懐かしいフクミネさんから見舞いの絵葉書が来たので電話すると、「点滴は自分でする方がゆっくりできていいですよ」と言っていた。

翌朝、初めて妻が点滴を単独でやってくれた。無事終了した。前の夜妻が「水をのんだか？」と寝言にまで言うので、せっせと忘れず日に八杯のんだ。夜はメリーが来て、妻がする点滴をじっと見守っていた。この肝っ玉おばさんがいるとなんとなく安心だが、任せても大丈夫とみたか、二日後からは来なくなった。

**●妻の記●**

新しいＩＣＤを右胸に入れる日が来た。前回と同様手術中病室で待っていた。今度はうまくいくだろうと思っていた。何回も入退院と手術を繰り返してきたので、感覚が鈍くなったのか、それと今回の手術は心配いらないときいていたこともあって、ひやひや感がうすらいでいた。

無事ＩＣＤは埋め込まれ、左胸から右胸に移ったとはいえ原状に戻った。「僕は切られ与三だ」と主人は冗談を言っているが、何回もの手術のあとが痛々しい。

左胸の、感染したＩＣＤあとのポケットに残るバクテリアを殺すため、六週間の予定で抗生物質バンコマイシンを日に二回点滴することになった。最初はクリーブランドの、帰宅後はピッツバーグの訪問看護婦が点滴してくれていたが、ほどなく私が朝も夜も行なうこととなった。まずピックラインを注射器で洗浄したあと、バンコマイシンをゆっくり一、二時間かけて点滴し、最後にヘパリンという血液の凝固を防ぐ薬品を注射する。この間主人はつながれた犬のようにじっとしている。バンコは強力な抗生物質なので、水を日に八杯のむようにドクターやナースに言われた。

ゲストハウスに退院し、そのレストランでお祝いの食事をした。

アメリカの病院にいて感じたのは、勤めている人は自分の与えられた仕事以外は一切しないことだ。たとえば廊下や病室にごみが落ちていても、掃除婦や掃除夫が拾うまでナースも手を出さない。へたに助け合ったりすると他人の仕事を奪うことになるそうだ。いつまでも落ちているごみを見かねて拾っている私は、やはり日本人気質なのだろうか。

その後も、妻によるバンコマイシンの点滴が朝晩続いた。最初は一分間五〇滴余のペースで入っていたので、一時間ちょっとですんでいたが、日を追うにつれて入り方がおそくなり、一〇日後くらいになると一分間三〇滴以下に落ちるありさまで、二時間から二時間半を要するようになった。点滴もこんなに時間がかかると、いくら本を読みながらしているといっても苦痛だ。たまたま、クリーブランドからただ一回ではあるが、ロドニーという看護士から電話による問診があったので相談してみたが、返事が返ってこなかった。メリーに相談しても要領を得なかったが、ふと、点滴台のてっぺんから左腕のピックライン入口までの高低差を、最大限にしたらもっと入るのではないかと思いつき、点滴台を床から食卓の上に乗せ、私は床に寝転んで高低差を一メートルあまりひろげた。

果たしてアイデアは成功し、一分間五〇滴近くにまでアップした。気をよくしていると、二、三日後、最初は五〇滴近くでも一時間経つと四〇滴弱に落ち、一時間半後には三〇滴くらいにまで落ちた。そのうち最初から三〇滴に落ち、元の木阿弥になってしまった。辛抱強く点滴を続けるしかなかった。点滴中に血液が逆流して出てきてびっくりしたこともあったが、メリーに電話すると「よくあることで心配ない」と言う。日本ではしろうとが点滴することが許されるのかどうか知らないが、このような小事件がときどき起こり、妻と二人で絶えずいささかの不安を持ちながら続けていた。

一週間に一回クリーブランド・クリニック・ホームケアから、アイスボックスにバンコマイシン、ヘパリン、消毒注射液などを一週間分入れてフェデックスで送ってきた。週に二回ベスやメリーが来て血液を採り、腎臓機能や白血球などをチェックしていたが、異常はないということだった。

一二月に入って三日、朝の点滴を終え、自ら運転して一ヵ月ぶりに出社した。今までもそうだったが、生きるか死ぬかの手術をしても、一ヵ月もすればけろりとして出社し、何事もなかったかのように通常どおり仕事をするのだから、われながらまるで仮病を使っているみたいだなと心中苦笑いだ。こうたび重なってくると、会社の人たちもアパートの人たちも驚かなくなり、見舞いのことばやカードも少ない。

会社で菊竹さんや大槻君が、同時多発テロ以後飛行機での出張を禁じ、たとえば、シカゴまでくるまで片道一〇時間もかけて出張していたのをここにきて解禁し、初めて飛行機で出張してきたというような話をしているのを聞きながら、出張の仕事などなくなった私は、いよいよリタイアすべきときが来たなと考えていた。

退院後約一ヵ月が経過して、一二月一〇日、午前の点滴を終えたあと、定期診断を受けにクリーブランドへむかった。くるまで行くと三〇〇㎞もあって自信がないし、飛行機は同時多発テロ以来厳戒態勢のうえまだ一〇〇%安全と言えないので、アムトラック（鉄道会社）の列車で行くことにした。三時間ほどの時間だが、川があったり野山があったり、意外に変化のある風景をたのしんだ。前売りの切符を買ったので、運賃は往復でわずか二九ドルだった。しかも乗客は一輛に数人でがら空きだ。なるほど、アムトラックが倒産寸前になるわけだ。

三〇分ほど延着して、列車は夕方クリーブランド駅に着いた。この程度の延着だと遅れにならないらしく、駅の標示は〝オンタイム（定刻どおり）〟になっている。さびれた駅を出てタクシーに乗り、懐かしのゲストハウスにチェックインした。妻が住んでいた四二六号室のすぐ近くの四一四号室に入った。まったく同じレイアウトのツインルームだ。

妻と二人例のレストランで夕食をとったあと、持参した点滴機器を組み立て、バンコマイシンやヘパリンを取り出して点滴した。液の入り方が依然としてにぶいのでテーブルの上に点滴台を立て、私は床にうずくまった。それでも二時間ちょっとかかった。

翌朝、六時に起きて点滴し、九時に歩いてクリーブランド・クリニックのF棟一五へ行くと、川崎さんが待っていてくれた。彼女はこの病院ではかなり顔がきくので、診察予約もゲストハウスの予約も支払いのアレンジも、何から何まで苦もなくやってくれている。支払いはピッツバーグもそうだったが、外国人割引やパッケージ割引、早払い割引などで半額近くになる。

ICDのフォローをしてもらったあとインフェクションのS棟三二へ行き、あの大柄な美人先生のレームさんに再会した。

「ピッツバーグからの報告によると、腎臓機能は問題ない。点滴はあと一週間で終了してよい。インフェクションはMRSAでなく、治療のより容易なMRSEだった。上皮性葡萄状球菌なので、皮膚の傷口には気をつけるように」

などの話があった。

診察が終わると、入院中私が、息子のお嫁さんのお父さんがメールで送ってくれた孫の写真を引き伸ばし、枕もとに飾っていたのを彼女は思い出し

「あの子は元気にしているか。名前はなんというのか」

ときくので、

「一鷹と言うのだ。英語で言えば〝ナンバーワン・ホーク〟というところだ」

などと他愛のない会話をかわした。

ランチをともにしようと誘った川崎さんは忙しそうに去ったので、私たち二人は病院のカフェテリアで軽い食事をした。二週間ほどの入院中、妻はいつも一人ここでランチを食べていたのだ。二人になって妻は幸せそうだった。

午後F棟一五へ戻ると、川崎さんがやってきた。ほかにも面倒をみている人がいて、結局昼食抜きになったと笑う。

シュワイカート先生の診察を受けた。相変らず見るからにエネルギッシュでラグビー選手のような先生だが、診察は誠実で

「経過は順調で、バンコマイシンの点滴が終了したら国内でも日本へでもどこへ行ってもよろしい」

と言いながらその場で薬の処方箋を書き、三枚に亘る手紙形式のカルテを口述筆記させ、その秘書にコピーさせて私にくれた。立ち会ってくれた川崎さんは、終わると挨拶もそこそこに駆け去った。忙しい人だ。私たちはいったんゲストハウスに戻り、前にあるドラッグストアでシュワイカート先生の書いてくれた処方箋を出し、フォリック酸、リピトール、ロプレソール、アスピリン、ベナドゥリルを受け取った。数日後レーム先生からも手紙形式のメディカル・レコード（カルテ）が送られてきた。

翌日、午前中二時間半かけて点滴を行なったあと、一二時にチェックアウトし、一二時半に呼んでおいたタクシーをロビーで待っていたが、一五分待っても二〇分待っても来ない。ベルボーイに言っても、それくらいの遅れは当たり前だと言わんばかりで頼りにならない。そうか、ここは日本じゃないんだと思いなおし、たまたま玄関前で客待ちしていたタクシーに飛び乗り、クリーブランド駅にむかった。発車時刻ジャストの一時一五分に着いたので、間に合わなかったかと思いながら構内に入ったら、なんとアムトラックも一五分遅れていた。この列車を逃すと、次のピッツバーグ行きまで半日待たなければならないところだった。アメリカの一般社会のルーズさはこういうときにはかえって役立つ。

一二月一八日の朝、ついにバンコマイシンの点滴は終了した。五週間毎朝毎晩やってくれた妻に感謝だ。昼前メリーが来て、ピックラインのチューブをするすると抜いた。以前ドレンを抜いたときとちがってなんの違和感もなかった。

シュワイカート先生からもレーム先生からも許可をもらったので、年末年始を過ごすべく日本へむかった。同時多発テロのあとの厳戒態勢は続いており、ピッツバーグ空港ではスーツケースもショルダーも中のものを全部出し、土産品の包み紙を破っていちいち中をチェックし、靴をぬがせて靴の中をみるなど徹底している。自分だけかと見回したら全員やられている。今まで出発一時間前までに来ればよかったのに、二時間半前までに来るようテレビやラジオが呼びかけているわけだ。乗り継ぎのニューヨーク・ケネディ空港でも同じ検査を受けた。これだけ厳重な検査をするなら乗客としても安心して搭乗できる。

日本へ帰ると息子が名古屋から会いに来た。夜おそかったので私たちはすでに就寝していたが、こどものころと同じようにとんとんと階段を駆け上ってかつての自室に入る音が懐かしかった。彼とこの家で会うのは五年ぶりだった。翌日の夜彼は去った。

五年ぶりの日本での正月をむかえ、近くの氏神さまに初詣でして今までのおはらいをした。息子のお嫁さんと孫にそれぞれ安産と健康のお守りを求めると、妻は私のために長寿のお守りを求めた。そのあと名古屋の息子の家へ行き正月を過ごした。孫は家の中をちょこちょこ歩くようになっていて、思いがけないところから顔をのぞかせる。機嫌のいいときには、両手を頭上に振りかざして踊ってみせ、みんなを笑わせた。

田中先生にも会った。リタイアすると言うと

「ストレスのなくなることがストレスにならなければよいが……」

と案じてくれた。

リタイアすると決まるとすっかり帰国したような気分になっていたが、ふたたびアメリカへむかった。テロ以来、日本橋箱崎の東京シティエアターミナルではチェックインできないようになっていて、成田空港でまた厳重なチェックを受けたのが以前と変わっていた。

ピッツバーグの自宅へ帰った翌日、堺に住む叔母から小包を送ってくれたらしいが、中から白い粉が漏れているがこれは何かと、郵便局のトミーと名乗る男から電話があった。あわてて叔母に電話して確かめると、しるこの片栗粉とわかった。これを伝えるとトミーはやっと配達してくれたが、このころはことほど左様に日米ともテロに神経質になっていた。

バンコマイシンの点滴を終えてから二ヵ月経った。左の胸の傷口が少し開いてうみ状の液体が流れ出したので、皮膚から感染するというMRSEにふたたびかからぬよう、日本で買って置いてあった消毒液マキロンを、ガーゼに沁み込ませて朝晩消毒しているうちに治ったことが

あるくらいで、もう心臓病に苦しむことはあるまいと信じきっていた。

二月一九日、UPMCから呼び出しのあった定期診察を受けにアンダーソン先生のところへ行った。一一月二日、クリーブランドへ転院する日、先生が「グッドラック」と言って別れてから三カ月余ぶりだ。会えば相変らずさわやかな好漢だ。慎重かつていねいに聴診したあと、過日うみ状の液体が出ていた左の胸の傷跡を診て

「大変順調だ。傷跡もきれいで、インフェクションの兆候もない」

と言う。

「実は先日来右足かかとが痛んで歩きづらい」

と訴えると、イブプロフェンなる痛み止めの処方箋を書いてくれた。

六月にリタイアして帰国することを告げると、

「永久に帰国するのか」

と訊くので

「そうだ。その前にクリーブランドで四つほど検査を受けることになっている」

と答えると

「それは結構だ。しかし自分のところにも来るように」

ということになり、五月一四日アンダーソン先生の最終チェックを受けることになった。
帰りにジャイアントイーグルの薬局でイブプロフェンを買ってのんだら、翌朝には痛みが止っているので驚いた。二、三日のんで痛みが復活しないことを確かめ、服用を中止してみた。ところがその翌日からまた痛み始めたので服用を再開すると、たった一錠のんだだけでぴたり止まる。あまりの効果に恐ろしく思ったりもしたが、以後日に一錠に減らし続けてのんでいた。一ヵ月あまりの間、ときどき服用をストップしてみるとやはりたちまち痛みが戻ってきた。薬局の主は
「今日売った五〇錠がなくなったとき、続けるべきか否かドクターに訊いてくれ」
とアドバイスしてくれた。

かねて、左の胸からうみ状の液体が出たことがあると川崎さんに伝えていたのをレーム先生に報告したらしく、レーム先生が「チェックしておかなければならない」と言っているとの電話が川崎さんからあったので、急遽二月二八日、二ヵ月半ぶりにクリーブランドにむかった。氷点下八度という厳しい寒さで、雪が降っていた。前回と同じアムトラックの「ペンシルヴァ

ニア四三号」に乗った。同じように一五分遅れてピッツバーグ駅に到着し、相変らずがら空きのままクリーブランド駅には三〇分延着した。クリーブランドに着くと、ピッツバーグよりもっと厳しい冷たさで、エリー湖からの風が直接吹きつけてくるようだった。

駅から乗ったタクシーの運転手が誠実そうだったので、前回予約したタクシーが来なくてあわてた経験を思い出し、二日後の帰りのくるまを予約した。ジョンと名乗るハンガリー人で、旧ソ連の崩壊後アメリカへ渡って来たのだそうだ。ゲストハウスに着き、一二月のときの四室隣の四一八号室に入った。

翌朝絶食し、S棟三二へ行った。カナダ生まれの中国系アメリカ人女性だという若い研修医ラウさんが予診をしたところへ川崎さん登場。この人は本当に親身になってよく面倒をみてくれる。いつものように忙しそうだ。レーム先生も現れ、左胸の傷跡を診て

「インフェクションはないと思うが念のため培養してみよう」

とのこと。診察がすむと彼女は

「ナンバーワン・ホークはどうしているか。アワワと言いながらあちこち指さしているんだろう」

と、正月に見た孫そっくりの動作をしてみせるので目をみはった。レーム先生にもこの年頃のこどもがいるのかも知れない。

川崎さんと別れ、採血に行った。ジャズバンドをやっているという黒人の男性が左右の腕からそれぞれ血を採り、二四時間後、四八時間後の結果をしらべるという。ジャズが景気よく鳴っていて、およそ病院らしからぬ雰囲気だった。

一一時半にはすべて終わったので、即ピッツバーグへ帰ることにした。ゲストハウスで一泊分キャンセルし、ジョンにも予定を一日早めて一二時一五分に迎えに来てくれるよう電話すると、ぴたりその時刻にやって来た。クリーブランド駅で前回と同じ一時一五分発のアムトラック「ペンシルヴァニア四四号」を待っていると、またこの前と同じく一五分遅れて入ってきた。駅といっても日本のようにプラットフォームがあるわけでなく、地面から直接車輌に上ったり下りたりしなければならず、その高低差がやや危険だ。ピッツバーグ駅にはこれまたこの前と同じく三〇分遅れて到着した。

三日後川崎さんから電話があり、血小板が一一万一千と少ないが、培養の結果はすべて良好だったと報告してくれた。

余談だが、このころちょっとした事件があった。出社するべくくるまでアパートの前の道を走り、見えてきた交差点を右折しようと徐行し始めたとたん、左のガソリンスタンドから急発進したくるまが私の前へ割り込んだ。あわてて右へハンドルを切ったが（アメリカは右側通行なので）、路肩に乗り上げ、くるまの左前が相手のくるまの後部に接触した。相手は止まらず先に走り去ろうとしたので、ぴたり左に引っ付いてそのくるまをスーパーマーケットの駐車場に追い込んだ。渋々おりてきたのが二十歳前後の若い女性だったので、一瞬ひるんだが、「アイム・ソリー」と彼女は謝り、私の問いに答えてメモに名前、住所、電話番号、保険会社と保険番号を書いて差し出した。アメリカ人はこのような場合、のちに不利になるので、自分に非があっても絶対謝らないものだが、私の勢いに押されたか彼女はあっさり非を認めてしまった。双方の保険会社に通報し、コリジョン・センター（修理工場）にくるまを持ち込んで見積ってもらったら、一、一〇六ドルと出た。

相手の保険会社は全額支払うと言ってきたが、当方の保険会社も二五〇ドルの免責分を差し引いた全額を支払うと言い、そのときすでに両社とも私に小切手を送ったあとだった。これでは私は焼け太りになるので、当方の保険会社からの小切手は返送した。

若い女性が相手だったのは後味が悪かったが、この件の教訓は、アメリカでは「アイム・ソリー」と言ってしまうとおしまいということだ。

リタイアして帰国するのが六月と決まり、それにむかって物事が進み始めた。クリーブランドの川崎さんがクリーブランド・クリニックとしての最終診察のアレンジを進めてくれ、そのスケジュールに乗って四月一五日の午後、いつものアムトラック「ペンシルヴァニア四三号」でクリーブランドへむかった。ピッツバーグ駅に四〇分遅れて入り、クリーブランド駅に三〇分遅れて着いたが、かなりオーバーランしたため所定の停車位置へ戻るのに一〇分かかった。駅前に待機していた乗合タクシーでゲストハウスへむかい、四一九号室に入った。

翌日、寒いクリーブランドなのに、しかもまだ四月なのに、気温が摂氏二八度に達する異常な暑さで、地元の新聞は一八九四年以来一〇〇年ぶりの暑さと書きたてていた。

九時すぎいつものF棟一五へ行くと、川崎さんが賑やかに現れた。この明るい女性の面倒見のよさには感謝のほかない。まずICDのフォローアップを受けた結果、まったく異常なしと言いながら、担当のおばさんは心電図様の記録をコピーして手渡してくれた。心電図も撮り、若い女医さんが予診をした。ややあってシュワイカート先生がさっそうと入ってきた。診察し

たあと

「左の胸の傷跡が少しやわらかいので、もう一度ドクター・レームに診てもらっておいた方がよい」

と言い、さらに

「右足かかとの痛み止めとしてのんでいるイブプロフェン（二〇〇mg／日）と、アスピリン（八一mg／日）が血小板減少の原因になっているかも知れないので、ドクター・スフェラの診察を受けるのがよい」

「左の胸のケロイドはコーチゾン注射を月一回、六ヵ月続ければ治るから、皮膚科のドクター・ダイクスラーに診てもらうのがよい」

と矢継ぎ早に指示した。これを受けて、川崎さんはたちまち各先生の予約を取ってくれた。実にあざやかだ。ほかにも先生は次のようなことを言っていた。

・ストレステストは年に一回必要。アイソトープを使うか否かは日本の医者が判断する。

・ＩＣＤは六ヵ月ごとにフォローアップが必要。ＣＴスキャンは受けてもよいが、ＭＲＩはいついかなるときでも絶対に不可。

・よほど重くないかぎり、重いものを持つ制限はない。

・日常生活上での注意事項、禁止事項は特にない。（私が「テニス、ゴルフ、水泳もよいと言われるが本当か」と問うと、「ホワイ　ノット?」と言われるからびっくりした。ＩＣＤのファイヤがおそろしくて、いまだにこれらのスポーツはやっていない）
・右胸にＩＣＤのワイヤを感じるのは皮膚がうすいからで、問題ない。
・ステントは組織になりきっているので、永久に問題ない。
シュワイカート先生とはこれが最後となった。会っているだけで元気がもらえるような陽性かつしっかりした先生で、印象に残る方だった。


ここで川崎さんは二時間ほど消えた。私は隣のＦ棟一七のソファで昼寝した。私の心臓がいよいよ重症におちいったら心臓移植してもらおうとかねて考えていたが、ドナーが相対的に減ってきたので、クリーブランド・クリニックは外国人を拒否しはじめたと、彼女が語っていたのが心に残っていた。

一時半、いよいよいやなストレステストだ。心停止を起こした悪夢がよみがえる。心電図と血圧を測りながらトレッドミルの速度と傾斜が上がっていく。

「心拍数が一五〇以上になるとＩＣＤが作動するので、一三六になったらストップする」

と担当の男性は言っていた。私は一〇中七くらいのしんどさになってストップをかけるかどうか一瞬迷ったとき、その男性はストップした。これくらいなら大して苦しくもなく、バイパスの威力は大きいと自信を深めた。

三時四五分、A棟二一へ行って両足首の三方からX線撮影し、A棟四一でスフェラ先生に診てもらったら、アキレス腱鞘炎と診断された。日中用と夜間用の、義足のようなギプスをあてがわれた。日中用は重装備の〝義足〟で、のちにむれて痒くてたまらないので、ときどき夜間用を使っていた。ギプスを外し、かかとを床につけたまま壁にからだを斜めにあずける運動を朝晩一〇回ずつ行なった。さらに夜は氷で一五分間冷やした。痛み止めのイブプロフェンは服用を中止した。

翌日は一二時半、いつものS棟三二へ行くと、川崎さんもやってきた。若い女医さんの予診のあとレーム先生が現れ、いきなり

「ナンバーワン・ホークは元気にしているか」ときた。

「元気だ。実は七月にナンバートゥー・ホークが生まれる」と言うと

「おめでとう。ハッピーリタイアメントとダブルにおめでたいですね」

と祝福してくれた。

彼女は左の胸の傷跡を診て、

「水がたまっているかも知れないので超音波をかけてしらべてみよう」

と言った。レーム先生とはこれが最後だった。悠揚迫らず、やさしくて美人で、忘れられない人になった。先生とは帰国後もクリスマスカードの交換が続いている。

一時半、A棟六一にある皮膚科のダイクスラー先生のところへ行った。左胸の傷跡を診て、この老人の先生は
「水さえたまっていなければ、そしてケロイドがいやでないなら、あえてコーチゾン注射などせずに放っておけばよい」
と言う。嫁入り前の娘でもあるまいし、なんの気がかりもないと答えてこの件は終わった。

四時、H棟のB六で傷跡に超音波を受けた。その結果、筋肉がやわらかく感じるだけで問題はないとのことだった。立ち会ってくれていた川崎さんが、直ちにシュワイカート先生とレー

ム先生に電話で報告してくれて、この件もケリがついた。

ホテルに帰ると川崎さんから電話があり、シュワイカート先生から

「歯の治療をするとき、バクテリアが入ることがあるので、心臓内科医に頼んで術前術後に抗生物質を投与してもらうように」

との伝言があったとのことだった。川崎さんには本当にお世話になった。

彼女に紹介してもらったマービンという男にくるまを回してもらい、夜、クリーブランド郊外のビーチウッド・モールへ行った。ここで右足のギプスに合うような長靴を探したが女物しかなく、別の店へ行ったら大きすぎて足に合わなかった。あきらめて、これも川崎さんに教えてもらった寿司屋へ行った。無性に日本食が食べたかった。一〇年ここに住んでいるという日本人の女性が給仕してくれて、うまい寿司に舌鼓を打っていると、なんと川崎さん夫妻が入ってきた。夫妻はカウンターに座っていたが、そのうち夫妻から大福餅の差し入れが回ってきた。ありがたかった。日本を離れるとこれは貴重品だ。お礼を言いに行くとご主人は小柄で白髪、いかにも温厚な紳士だった。クリーブランド・クリニックで人工心臓の研究開発に専念してお

られるということだった。

翌朝、壁にからだを斜めにあずける運動を一〇回したあと右かかとを氷で冷し、前日寿司屋で買ったかんぴょう巻を食べ、昼ごろ例の巨大なケーキを土産に買ってゲストハウスをあとにした。マービンの娘さんがピックアップに来て、駅まで送ってくれた。

夕方、ピッツバーグ駅に着くや、プラットフォームでタクシーのポン引きにつかまった。人相はあまりよくないが、なにしろ当方はギプスをはめロボットのような格好で不自由なものだから、この運転手に賭けて乗ってみたら意外に誠実で、渋滞しているダウンタウンを辛抱強く運転し、私たちの知らない近道も走って無事アパートに送り届けてくれた。

**●妻の記●**

主人は朝晩の点滴をしながら会社に出始めた。初めのうちは私が運転し、会社で彼をおろし、夕方電話がかかってくると迎えに行った。やがて彼は自分で運転し通勤し始めた。もちろん毎日のウォーキングは欠かさなかった。寒くなってきたので、近所の住宅街を歩く頻度は次第に減り、ふたたび長さ一〇〇メートルほどあるアパートの廊下を、八階から一階までそれぞれ往復していた。「ウォーキングおじさん」、「ウォーキングおばさん」とひそかにあだ名していた元気いっぱいで陽気な年配の夫婦や、「リチャード・ギア」とあだ名していたあの名優そっくりのおじさん、「ジャスト・アラウンド・ザ・コーナーおばさん」（春夏秋冬の変り目が近づくと「スプリング　イズ　ジャスト　アラウンド　ザ　コーナー」〝春がついそこまで来ていますね〟などとかならず言う人だったから）とあだ名した足の悪いおばさんなど、お仲間がたくさんいて、おたがい声をかけ合うのがたのしみだった。

しばらくして、ＩＣＤや感染のフォローアップのため、アムトラックに乗ってクリーブランド・クリニックまで通院した。点滴しているころは点滴用具一式を持って行った。列車でクリーブランドまで通院するとは思ってもみなかったが、違う面のアメリカが見られていいかなと二人ともあまり苦にならなかった。

ある日、主人が右足のかかとが痛いと言い出した。クリーブランドで診てもらったら、アキレス腱が炎症を起こしていると言われ、帰るときには膝から足の先まですっぽりギプスをはめられ、ロボットのような姿で街を歩かなければならなくなった。ピッツバーグへ帰って会社へ出ると、みんな半ばあきれて、次から次へとよくいろいろなことを起こすなあと笑われたそうだ。また私が運転して彼を送り迎えすることになった。

心臓の状態は安定していたが、主人は心臓治療水準の高いアメリカに永住したいとかねてから言い、グリーンカード（永住権）も取得していた。しかし私は帰国を望んだ。ことばの障害のある異国での看病の大変さと、将来帰国しようというとき年を取ってからの引越しは大変だろうこと、それに主人自身会社で顧問というような閑職になっていたので、私の願いをきき入れてもらい、いよいよ日本へ帰ることになった。

五月に入ってすぐ日中用のギプスを外してもよいことになり、痛みも取れていった。そして帰国にむけて物事が急速に進みはじめた。ソファ、ベッド、テーブル、テレビ、ステレオ、ゴルフ用具などの家財を会社の日本人駐在員に分配することにしたので、その奥さんたちが下見にやってきた。多くの図書はピッツバーグの日本人補習校に寄付した。日本人の父兄の利用が結構あるということだったからだ。二台のくるまのうち社有車はもちろん会社に返したが、マイカーは五年間かげひなたなく私たちの面倒をよくみてくれたアパートのなんでも屋さんのビルに無償で差し上げた。無償でも所有権移転登記の手続きがややこしく、司法書士に来てもらって書類に双方サインすると、ビルはとてもよろこんでくれた。

あの懐かしいフクミネさん夫妻を誘い、寿司屋でお別れの会をした。フクミネさんはめずしくおめかしをしていてきれいだった。アメリカ人のご主人は、去年の夏北海道を旅しアイヌの集落を訪ねたときのことをたのしそうに語った。帰路、私の家に出入りしているクリーニング屋のおじさんが、この近くにアイスクリーム屋を開いたと言っていたのを思い出し、探してみたらすぐ見つかった。出てきたおじさんはびっくりしながら、私が帰国するときいて自分は一九七一年にリトアニアを出てアメリカへやってきたという初めてきく話をした。するとフクミネさんのご主人は、自分も同じバルト三国のラトビア出身だと言ったものだからすっかり二人は意気投合し、話に花を咲かせていた。

同じくあの懐かしいワトソン氏から送別会をしたいという招待がきた。私たち夫婦に菊竹さん夫妻も加わってバージニア州のリッチモンドへ飛んだ。空港におりるとワトソン氏が一人で出迎えに来てくれており、相変らずジョークを飛ばしながらみずから運転してジェファーソン・

ホテルへむかった。このホテルは映画「風とともに去りぬ」のロケに使われたことで有名なホテルだ。チェックインする私たちに、ホテル代は自分が支払うと彼は小声で言った。二一二号室に入ると、彼の会社から私に対する謝辞を彫り込んだメタルの工芸品が置いてあった。

女性二人を残し、迎えのくるまに乗って会社へ行き会議室に入ると、ワトソン氏以下多くのプロジェクトをともに進めた五人の人たちが迎えてくれた。彼らはそれらのプロジェクトがいずれも成功していると次々に報告してくれた。

いったんホテルに戻り、夜、ふたたび迎えのくるまに乗って、むかしのたばこ会社の倉庫を改造したというレンガ造りのシーフードレストランに案内された。ワトソン氏夫妻とフェルター氏夫妻が迎えてくれた。ドイツ系のワトソン氏はワーグナーを語りだすと止まらないが、ワトソン夫人もいかにも思慮深そうな良妻賢母といった風のドイツ婦人だった。ワトソン氏は、一五年前川崎駅前で二人でやきとりを食べながら議論したときのことを懐かしそうに語った。三時間半もの長いディナーはおひらきになり、夫妻は運転しながら夜のダウンタウンを見せてくれた。ホテルで別れるとき、「アウフ　ヴィーダーゼーン」(ドイツ語の「さようなら」)と言って握手すると、彼はえらくよろこんでいた。

彼とは今もクリスマスカードを交している。驚いたことに、いつのまにか私の誕生日を知っていて、誕生日近くになると夫妻で書いたバースデーカードをかならず送ってくる。クリスマスカードにしてもバースデーカードにしても儀礼的でなく、くわしい近況や所感をびっしり書き、しばしば追加の便箋にまで書きつづけている。彼のあたたかい友情は忘れられない。

右足の痛みが取れ、ギプスも外して元に戻ったのでふたたびみずから運転し、五月一四日、アンダーソン先生による帰国前の最終チェックを受けにUPMCへ行った。二月一九日に来たとき予約してあった九時半に、先生の診察室〇六〇号室に入って待っていると、三〇分ほど経って、先生が相変らずさっそうと現れた。にこにこしながらいつものように聴診、打診、触診を行なった。クリーブランドから直近の経過報告が送られているらしく、先生は大してチェックすることもない。交した話は

「血小板が減っていることに関しては、クリーブランドのドクター・シュワイカートと同じく〝ノット　フォー　シュア〟（はっきりわからない）だが、去年すでに一〇万程度だったことからしてイブプロフェンのせいではないと思う。ただ四万くらいまで減れば非常事態だが、一〇万台ならそんなに心配はいらない。といっても帰国後もウォッチするように」

といった程度だった。

そのあとは別れを惜しむ会話になり、彼は先日冬季オリンピックのあったソルトレークシティの出身だが、ピッツバーグをこよなく愛しているというようなことを話していた。長らく面倒をみてくれた看護婦のエレーヌにも別れを告げた。帰り道、近くにある唯一の日本食材店「とうきょう」のおじさん、おばさんにも別れを告げて帰宅した。

# 8

# まさかの再入院

2002. 5 . 20～ 5 . 24
UPMCのプレスビー病院
ピッツバーグ

帰国まで一ヵ月を切った五月二〇日、続いていた送別会の一つで、会社の工場長レラリオが主催してくれたフェアウェルディナーをたのしんだ。うまい食事をとってすっかりいい気分になり、長らくアイスティーばかり飲んで禁酒していたのに、そろそろもうよかろうと勝手に決めて、ジントニックを三分の一杯、ワインを一杯飲んだのがいけなかった。かえり、気分が悪くなって、出席していた大槻君にアパートまで送ってもらった。

帰宅して洗面所へ行ったら、早鐘のような動悸とともに強烈な電気ショックがきた。一瞬なんのことかわからなかったが、すぐICDのファイヤと気づいた。妻に「横になりなさい」と言われてリビングルームのソファに横になったが、五分後二回目の電気ショックがきた。電気ショックは一回だけなら様子をみて翌日病院に報告すればよいが、二回以上の場合は病院へ行った方がよいとかねていろいろな先生から言われていたけれども、また救急車を呼ぶのはためらうものがあり、クリーブランドの川崎さんに電話して相談した。ご主人まで出てこられて

「UPMCのイマージェンシー（救急センター）へ行った方がよい」

と言われるので、またまた菊竹さんにSOSの電話をした。大槻君とともに彼が駆けつけるや、三回目の電気ショックがきた。それを見た彼は九一一番に電話してくれた。

救急車はすぐに来た。一年四ヵ月前の再現だ。妻は助手席に乗り、菊竹さんと大槻君は救急

車の後をフォローしてくれた。ＵＰＭＣのイマージェンシーに入ると、直ちにさまざまな検査が行なわれた。その結果、当直のドクターは
「心室細動でなく心房細動なので、いのちには影響ない」
ということだった。ほっとした。夜中の二時半になっていたので、菊竹さんと大槻君には帰ってもらった。

三時ごろ五五二号室が空いたと看護婦が言いに来て、まさかの再入院となった。個室なので補助ベッドを入れてもらい、妻はそこで寝た。

五時間ほど眠って翌朝は八時ごろ目が覚めた。五五二号室は病棟の谷間にあるが、前の病棟の屋上にヘリコプターの発着しているのが見えた。血圧一二一と八二、酸素九四という結果を見ながら、看護婦は心房細動をどう抑えるか検討すると言い、なんの処置もしなかった。

午後三時ごろになって入ってきたドクターが「扇ありがとう」と言うので、あのお世話になったサバ先生であることに気がついた。お礼に扇を贈ったのはもう一年も前のことで、妻に注意されるまでサバ先生とはわからなかった。先生は
「ＩＣＤのファイヤはバイパス手術後一、二ヵ月後から半年後にはあるが、一年半も経ってか

らは通常はない。心房細動が起こった原因は〝ノット　フォー　シュア〟だが、ICDのバッテリーの寿命は一年に四回ファイヤしても四、五年もつように設計されているから心配ない。対処法としては、①ICDのプログラムをかえる、②新たに薬を加える、がある」

と言って、ただちに、ICDがファイヤする値を心拍数一五〇から二〇〇にリプログラミングした。夜、新しい薬としてソタロール（日本名ソタコール）八〇㎎をのんだ。

　夜一〇時になってアンダーソン先生がやってきた。一週間前別れの挨拶をしたばかりなので、私は苦笑いせざるを得なかった。先生は真面目な顔で
「血液をうすくしなければならない。でないと心房細動によって血栓ができる。血栓は脳梗塞を起こすおそれがある。そのための薬を今日からのむことにする」

と理屈をわかりやすく説明してくれた。

　そのあと看護婦のジャニスおばさんが来て、濃いヘパリン八㎖を一時間点滴するとともに、二番目の新しい薬で、血栓を防ぐというクマディン（日本名ワーファリン）一〇㎎をのんだ。

　翌朝五時に黒人の看護婦が来て採血し、右腕から静脈注射をした。その検査結果とのことで、明るい別の看護婦レニーがヘパリンを六㎖に減らして一時間点滴した。従来の薬も復活し、ロ

プレソール七五mg、ベイビーアスピリン八一mg、フォリック酸一mg、それにソタロール八〇mgを服用した。夜はロプレソール（五〇mgにダウン）、リピトール一〇mg、それにクマディン一〇mg、ソタロール八〇mgをのんだ。

夜七時アンダーソン先生が入ってきて

「血栓はまだできていない。新しい薬のソタロールによって血小板は減らないが、クマディンは減るおそれがある。クリーブランドのドクター・シュワイカートから電話があってびっくりした（川崎さんの配慮か）。彼は私の治療方針に反対しなかった」

などと話した。

妻は午後に来て、夜七時半までいた。川崎さんから二度ならず三度も電話があって、励ましてくれるとともにいろいろアドバイスもあった由。彼女の親切にはあらためて頭の下がる思いだった。

翌日、薬剤師のボビーが来て、クマディンの注意事項を説明した。

「血を凝固させない薬だからけがをすると出血が止らなくなることがある。たとえば鼻血がなかなか止らない。歯医者に行ったらかならずクマディンを服用していることを申し出なければならない。クマディンの効果を消すビタミンKを多く含むほうれん草、ブロッコリー、レタスなどの野菜はたくさん食べない方がよい。なおクマディンは血小板を減らすことはない」等々制限事項が多くあった。帰国したあと、さらに納豆は厳禁ときいて面喰った。納豆菌が腸内でビタミンKを大量に造るのだそうだ。アメリカには幸か不幸か納豆がないからよいが、日本では私の大好物だっただけに大いにショックだった。

夜六時半、アンダーソン先生が来て

「明日退院してよろしい。退院後すぐもとの日常生活に戻ってよい。くるまも四日後からOK。クマディンは少なくとも一年のみ続けなければならない。血小板は一三万七千に回復している。PT-INR（血液のさらさら度を示す）は二・五で正常。血液はうすくなっている」

と話してくれた。その直前にのんだクマディンは五㎎に半減した。

翌五月二四日、明け方四時ごろから六時ごろにかけ、夢うつつのうちに採血、血圧測定、体重測定、心電図、清拭と断続した。

朝になるとナース・プラクティショナーが来て

「PT-INRの結果によってクマディンの服用量を決める。五月二八日に採血に来ること」

と言って行った。この日のクマディン服用量は二mgに減った。

午後妻が来たので退院し、彼女の運転で帰途についた。例によってジャイアントイーグルの薬局で新しい薬ソタロール、クマディンを受け取った。夕方帰宅したが、随分長く入院していたような錯覚を覚えた。こうして退院するのはいったい何度目だろう。菊竹さんや大槻君にお礼の電話をし、クリーブランドの川崎さんにもお礼の電話をした。ご主人が

「今までのICD作動のラインが一五〇ではすぐ反応する。二〇〇にしてよかった」

と横から述べられた。

田中先生にも電話で報告した。入院した旨すでに妻が報告していたので、私の報告と合せて今回の新しい薬の意義などについてくわしく説明してくれた。帰国後通院する病院と医師について、彼はすでに二年以上も前から、私の家に近い聖マリアンナ医大病院に中澤潔先生という極めて優秀な循環器内科医がおられるから紹介すると言ってくれており、この日もその話が出た。

翌日からまた私は何事もなかったかのような顔をして、帰国の荷造りなどにいそしんだ。妻も家の中でおおわらわだった。

指定された五月二八日、ＵＰＭＣへ行き、先週入院していた五五二号室の前を通って採血室に入った。ＵＰＭＣの医師や看護師はみんな親切な人ばかりだったのに、ここの背の高い女性はめずらしく高飛車で、すべて命令口調だった。

夕方ボビーからこの日の血液検査について、結果報告の電話があり

「検査結果がちょっとおかしい。薬をのみ忘れていないか」

と言う。この日と六月一日のクマディン服用量を倍の四mgにして六月三日に再検査に来るようにとのことだった。

五月三〇日の夕方、会社の日本人駐在員六人とその家族が、川面を走るクルーズ・ディナーの送別会を開いてくれた。ピッツバーグのど真ん中を流れるモノンガエラ河とアルゲーニー河をこの観光船はゆっくりさかのぼっては帰り、ふたつの河が合流して流れてゆくオハイオ川にも少し入ってまた戻った。

五年あまり親しんだデルタ地区の噴水、プロ野球ピッツバーグ・パイレーツのホームグラウンドのスタジアム、フットボールの強豪ピッツバーグ・スティーラーズの急角度のスタジアム、アイスホッケーの強豪ピッツバーグ・ペンギンズの本拠地ドーム、ＵＳスティールやＰＰＧ本

社ののっぽビルなどが現れては消えてゆく情景を、こどもたちはじっと見つめ、奥さんたちはいかにもアメリカ的な眺めだと感激している。私たち夫婦も格別の感慨をもって眺めていた。

立食方式の食事を終えて船の屋上に出ると、トランペット吹きとギター弾きがデキシーランドジャズを熱演中だった。奥さんの一人がリクエストしてくれて、二人は〝リタイアメント・ブルース〟なる曲を演奏してくれた。曲名が本当かどうか眉唾だったが、いかにもリタイアを描いたらしい情緒をたたえていた。今となっては思い出のクルーズだった。

ボビーに指定された六月三日、UPMCへ行ってあのこわい女性に採血してもらった。夕方彼から電話があり

「血液がまだうすくなっていないので驚いた。PT-INRは一・六だ。あしたから三回、一日おきにクマディンを四㎎のんで、六月一〇日にもう一度来るように」

と言った。

六月一〇日、ふたたび採血に出かけて行った。三日後には帰国というのになかなか決着がつかないのでいささか焦っていた。しかもこの日はボビーが長期休暇を取って不在のため結果報告がない。翌日電話をかけてみると知らない担当者が出てきて、PT-INRは下限ぎりぎり

の二・〇なので、一週間のうち三日は二mgでなく四mgのみ続けるようにと言った。

六月一二日、日本通運の日本人二人と屈強のアメリカ人五人が現れ、手分けして荷造り、搬出を行ない、我が家は何もないがらんどうになってしまった。帰国前夜、布団も何もないので、この夜はピッツバーグ空港のホテルに泊まることにしていた。しかし六月七日の予定だったアンダーソン先生の最終診察が当日キャンセルされ、この日の午後四時を指定されていたため、大槻君に頼んでUPMCまで乗せてもらった。くるまもビルに譲ってなくなってしまったからだ。アンダーソン先生は心電図を撮ったくらいで特にコメントもなく、あっけない別れとなった。先生にはセカンド・オピニオンを頼んでそのまま主治医になってもらった。大変お世話になった今も感謝にたえない人だ。

ふたたび大槻君に運転してもらい、夕方六時ごろアパートに帰ってくると、会社の全メンバーとその家族の方々が、私たちを見送るためロビーに集合していた。わいわいがやがやの中で、一人ひとりと別れのことばを交した。公私ともによくバックアップしてもらった人ばかりだ。全員の写真を撮ろうとしているところへ、ビルが息子をつれて現れ、シャッターを押してくれた。ビル親子は私たち夫婦を乗せて空港まで送ってくれたのだが、私たちがくるまに乗るとき、四歳のみずきちゃんが妻に抱きついた。大勢の人たちと手を振り合って、くるまはアパートをあとにした。

私たちがこのアパートへ来たころは一二歳くらいの紅顔の少年だったこの息子も、いまやたくましい青年に成長していた。思えば長いことこの地に住んでいたものだ。年に一回はこの第二のふるさとともいうべきピッツバーグへ来ようと簡単に考えていたが、帰国してみると、体調を考えて自信がなく、ついに一度も実現していない。

何度も入院、手術を重ねて多くの人びとに多大の迷惑をかけたが、回りにいた人はいずれも善意のかたまりで、私は本当に幸せだった。


翌六月一三日朝、ホテルをチェックアウトし、土産にゴディバのチョコレートをいっぱい買い込み、シカゴ経由で日本にむかった。

日本時間の六月一四日午後三時半成田空港に着陸し、税関を出たら大歓声があがった。何事かと見たら、日本ではサッカーのワールドカップが行なわれていて、ちょうど日本がチュニジア戦で先制点をあげたところというのだ。結局この試合に勝って日本は決勝トーナメントに進出したそうで、サッカーはマイナースポーツのアメリカから、いきなりまるで雰囲気のちがう日本に飛び込んだのだった。

リムジンバスとタクシーを乗り継いで自宅に帰ると、名古屋から来ていた息子が出迎えてくれた。間もなく誕生予定の二人目は母子とも順調の由で安心した。

**●妻の記●**

今までお世話になった方々とのお別れの会が続いていた。その一つで、工場の人たちに送別会をしていただいた帰り、くるまの中で主人は気分が悪くなったそうだ。アパートに着いて、洗面所でうがいをしているとき、突然ＩＣＤがファイヤした。主人がソファに横になると二回目がきた。救急車を呼ぶほどのことはないだろうが、さりとてＵＰＭＣに処置のしかたを電話できいても今までの経験からなかなかつながらないだろうと考え、思いついたのがクリーブランドの川崎さんだった。

ご主人が出てこられて、二回もつづくようなら病院へ行くようにと言われた。救急車を呼ぶのは大袈裟なので、さっき主人が別れたばかりの菊竹さんに救援をお願いした。すぐくるまで駆けつけてくださったが、そのとたん三回目がきた。それを見て菊竹さんは九一一番に電話された。飛んできた救急車は主人を乗せ、前回と同じようにサイレンを鳴らさず、静かにしかも速くUPMCへむかった。私たちの後を菊竹さんと大槻さんのくるまが付かず離れずついて来てくださった。

私たち三人が待合室で待っていると、私が呼ばれて主人のもとへ行った。元気そうで安心した。当直の人たちが原因をしらべているところだった。待合室のお二人は突然の呼び出しで疲れ切っておられたので帰っていただき、私は病室で泊まることになった。

検査の結果、原因はよくわからないが心房細動だったということで、治療法についてはクリーブランドの先生と意見交換されているようだった。新しいICDのファイヤする値が心拍数一五〇になっていたのを二〇〇にセットし直してもらった。

結局いつものように四日間という短い入院のあと退院した。その間、私は夕方病院から帰ると、日本への引越しのため毎日段ボールと格闘していた。

主人は退院したあと通院していたが、そのかたわらいろいろ帰国の準備をしていた。何度も倒れて手術をして一時はもうだめかと思ったことも一度ならずあったので、こうして一緒に日本へ帰れることになって、だれにもわかってもらえないうれしさだった。

文字どおり七転び八起きのアメリカでの闘病生活だったが、多くの人びとに助けられたことは二人の胸にいつまでも残るだろう。いただいたいのちを大切にして、残りの人生を一日一日過ごそうと思っている。

# 9

# 日本でも入院

2003. 2 . 20～ 3 . 4
聖マリアンナ医科大学病院
川崎市

二〇〇二年六月、リタイアして日本に帰り、毎日が日曜日の生活に入った。最初のうちは、仲間がみんな会社で働いているのに、こんなのんびりしていてよいのだろうかと罪悪感のようなものを絶えず感じていたが、アメリカからの引越し荷物や古くからのわが家の家財、書籍などを約四ヵ月もかけて大整理しているうちに、次第に消えていった。

日本の食事がうまいのはありがたかった。アメリカの食種が一、〇〇〇なのに対し、日本は五、〇〇〇あるときいたことがあるが、そのとおりだと感じた。ピッツバーグでは唯一の日本食材店だった「とうきょう」へ週に一回くるまで小一時間かけて行き、さば、さんま、あじなどアメリカにはない魚の干物やごぼうなどの野菜を買い込み、自宅ではささやかな日本食にして食べていたものだ。のちにアメリカのスーパーに売り出されて感激したのは、「デコン（大根）」、「トーフ（豆腐）」、もやしなどだった。

当たり前ではあるが、日本ではなんでもある。なんでも好みのままに食べられる。魚も生で食べられる。しかしだんだんわかってきたのは日本人の食事の贅沢なこと。質素な食事をしていたアメリカ人にくらべ、高価なものがどんどん売れている。

一般のアメリカ人は仕事をさせるとエラーが多く、大いに悩まされたが、日常生活における彼らはおおらかで、およそ人を疑うことを知らず、しかもジョークにくるんで会話するユーモアがある。見知らぬ人とすれ違っても軽く会釈し、時には「ハーイ」とか「グッドモーニング」などと交す。おかげでたくさんの友だちができ、すこぶる住みやすかった。彼らのそういった国民性は大好きだった。日本へ帰ってくると、街行く人は不機嫌そうな顔をしていて、挨拶を交すなんてとんでもない雰囲気だ。

体調は帰国して一ヵ月ほどは何事もなく順調に推移していたが、やがて動悸と不整脈に悩まされるようになった。八月から聖マリアンナ医科大学病院で月一回中澤先生による定期診断と、三カ月に一回ICDのフォローアップを受け始めたが、この動悸や乱脈、結滞などがまたしてもICDのファイヤにつながるのではないかという思いがあって、先生にもアメリカ時代のくせが出てしつこく質問したが、いやな顔ひとつせず、懇切ていねいに答えてもらった。それに、帰国してからも相変らず田中先生の適切なアドバイスと、クラス会で再会した旧友の心臓外科医・川田忠典先生の詳細な医学面からの解説とアドバイスがあって、大船に乗ったような安心感があった。何よりもありがたかったのは、日本語で話ができるということだ。医学用語にさんざん悩まされた時代とちがい、医学用語辞典なしで会話できるのだから楽だ。聞き違いや誤解もあり得ない。

中澤先生には聖フランシス病院、マーシー病院、UPMC（ピッツバーグ大学医療センター）、クリーブランド・クリニックで受け取った膨大なカルテにそれぞれインデックスを付け、一冊のファイルにまとめて提出した。もちろんいちいち読まれるひまはないにしても、少しでも既往症を理解していただこうと考えた。

薬物療法はそのまま継続し、ワーファリンも週のうち三日は倍の量の四㎎のんでいた。血小板は一四万七千まで回復し、PT-INRに似たトロンボテストなる検査の結果も良好のようだった。ワーファリンは九月から日に二㎎に減った。

九月にストレステストを受けた。心停止を起こした悪い思い出があるのでおっかなびっくりで、若い女医さんと二人の看護婦さんの態勢で慎重にやってもらったが、第一、二ステップのトレッドミルの速度と傾斜はよかったものの、次のステップで急にスピードが速まってめまいがし始めたのでストップをかけた。横からみていると臆病そのものだったろうが、心停止やICDのファイヤなどおそろしい体験がよみがえってくるのだった。

不整脈はしつこく続いた。気温は高くてもからっと乾燥していて気持のよいアメリカの気候とは異なり、高温多湿でじめじめする不愉快な日本の気候風土が合わないのかとも思った。中澤先生は、発作性心房細動によるものであって、結局はこの心房細動になれるしかないとのことだった。私のＩＣＤは心室細動に対応するものなのに、心房細動が心室に伝播してＩＣＤがファイヤする傾向があるので、本来の期待機能から外れているという意味で「誤作動」といえる。それに対処するため、カテーテル・アブレーション（頻脈性不整脈の根治療法）なる手段の話も出たが、これは最後の手段として残しておくことになった。念のためアンダーソン先生にもメールで症状を書きコメントを求めたが、同様に、カテーテル・アブレーションは心房細動が手に負えなくなったときの最後の手段として温存しておくようにという返事だった。

不整脈が起こると深呼吸をしたり、水をぐっとのんだり、枕を三つも重ねて高くしてみたり、右半身を下にして寝たり、妻に肩をもんでもらったり、少しでも効果のある手段を使ってなんとか治めようと努めた。

ＩＣＤについて、ファイヤするラインは心拍数二〇〇のままだが、モニター記録をし始めるラインは一五〇にしてもらった。するとフォローアップの際、ときどき心拍数が一五〇を超えて心房細動を起こしていることがよくわかった。

一一月末、トロンボテストの結果がよくないということで、ワーファリンの服用量は一日三

mgに増えた。一二月にはイベント・レコーダー（携帯の心電図）を一週間つけた。こういうときにかぎって不整脈は起こらず、平穏な一週間だった。しかしその結果、動悸が起こるのは心房細動によるものでなく、ロプレソールをのんでいるせいか、心拍数が遅いためＩＣＤに内蔵されているペースメーカー機能が働くからではないかということになった。

年が明けて二〇〇三年二月二〇日の夜、銀座のホテルで開かれた大学時代のクラス会に出席した。二一人が集まったなかで、指名を受け「心臓手術体験と日米医療事情」と題して三五分間スピーチした。終えると

「これは本になる」

「俺がゴーストライターになってやろう」

「本来シリアスな話をコンパクトにかつユーモラスに話してくれてよかった」

「俺が飲ませすぎたかな。責任を感じるよ」

等々さまざまなコメントが出た。

おひらきになって、ホテルのロビーに下りたとたん、胸の動悸が高まり、いきなりこみ上げてきてバチッと電気ショックが続き、ＩＣＤがファイヤした。そのショックに押されて思わず

ロビーの真ん中にへたり込んだ。

「救急車を呼びましょうか」

とフロントの男性が駆けつけてきたが、かねて日本の救急車は県をまたいで運んでくれないときいていたので、ちょうどフロントでクラス会の精算をしていた佐藤彰男君に同行を頼み、タクシーに乗り、隣の県にある聖マリアンナ医大病院にむかった。見ず知らずの病院へ行くよりかかりつけの病院へ行こうと考えたのだ。しかしあとで注意されたところによると、こういう緊急の場合には、とりあえず最寄りの病院へ行くべきで、その病院が聖マリアンナにいろいろ問い合わせながら応急処置をしてくれるものだという。

ＩＣＤがまたファイヤしそうな感じなので、ＩＣＤにニトログリセリンは効かないことはわかっていたが、五分おきに三錠のみ、なんとかなだめながら一時間走って聖マリアンナの救急センターに滑り込んだ。受付できかれた住所、氏名を答えようとした瞬間、とうとう二回目がバチッときて、またその場にへたり込んだ。車椅子に乗せられて治療室に入ると、いつもＩＣＤのフォローをしてくれる高木明彦先生の顔が見えたのでほっとした。地獄で仏の心地だ。

若い先生と二人でＩＣＤをフォローしながら、

「心房細動です。ファイヤしそうになったときそれを抑えてくれる薬を試して観察し、次の手段を考えましょう。いつまでになるかわからないけれども、とにかく入院しましょう」とのことだった。ホテルから電話しておいた妻が駆けつけて来たので、佐藤君には帰ってもらった。真夜中に申し訳ないことだった。

四階の一四〇二号室に空きベッドがあるとの知らせがあり、空いていた窓際のベッドに入院した。六人室なので、深夜二時寝息をかいていたほかの患者さんに申し訳なかった。妻はタクシーで帰宅した。

翌朝六時、検温と血圧測定に看護婦が来て、窓のブラインドを上げると外は快晴だった。アメリカの病院と同じような朝の風景だ。新しい薬を試そうと言う前日の高木先生のことばどおり、ロプレソールにかえてワソランを朝昼晩のみ始めた。

日中胸に不快感があったが、一二時ごろ妻が来たころから薄紙を剥ぐように消えていった。この部屋はアメリカ時代とは異なり大部屋だったが、みな年配者で礼儀正しく、静かなものだ。窓の外には丘がひろがり、気持をやわらげてくれた。

食事は三度ともライスというのがヘビーだと思ったが、各食一七〇グラムに抑えてあって適当な量であり、しかもおかずのおいしいこと。アメリカのまずい食事とは雲泥の差で、食欲旺盛になり毎食待ち遠しかった。

夜八時前、主治医だという若い渡辺先生が回診に来てくれた。九時が就寝時間だが、八時半には寝てしまった。

翌朝一〇時半ごろ、渡辺先生が超音波装置を持ち込み検査してくれたが、心房細動の原因はわからないという。

昼、ライスのかわりにあたたかいうどんが出た。五〇年も前カリエスのため六年間入院して以来、幸い入院とは縁がなかったのだが、当時は食事というと冷たく、しかも夕食は職員の勤務時間の関係で四時半と決まっており、およそおいしいと思ったことがなかった。日本では五〇年ぶりの入院となったこの病院にはいろいろ気配りがあり、当時のイメージからすると地獄から天国へ来たようなものだ。

午後、名古屋から息子が花を持って、お嫁さんとともに見舞いに来た。花は嫁のアイデアだそうで、赤と紫が美しく、いつまでも部屋の患者さんの話題になっていた。私よりむしろ妻を励まそうとやってきたが、妻は入院になれきっており、日本語が通じるのでなんにも心配ないと平然としているので拍子抜けしたと息子は笑っていた。

翌日は特に何事もなく、もっぱら持ち込んだ本を読み、ときどき廊下を歩き本館の方まで行ったりしていたが、その翌日は昼前から不整脈が始まり息苦しい。胸がこみ上げてきて、またファイヤしそうないやな感じになってきた。今までこのような息苦しさはなかったし、いつものように深呼吸しても妻に肩を揉んでもらっても治まらないところへ、回診に来た渡辺先生が「もっと早く言ってくれればいいのに」と言いながらポータブルの心電計で診て、「心拍数一四〇になっている。心房細動だ」

すぐワソランを点滴すると、たちまち脈拍は一〇〇前後に落ちた。さらに先生が三〇分後サンリズムを点滴したところ、あっという間に不整脈と胸の不快感は消えた。以後退院するまで頻脈や息苦しさ、胸の不快感、動悸などは一切起こらなかった。

翌日先生は、薬物療法を続けるかカテーテル・アブレーションを行なうか、私の意思を聞きに来られたが、かねていろいろな人からカテーテル・アブレーションは最後の手段だときいていたので、薬物療法継続をお願いした。

入院六日目ともなると退屈してきて、一日に本を三冊も読んだり、むかいのベッドの患者さんと、同じフロアの面会所で雑談をたのしんだりしていた。毎朝病室を徹底的に掃除してくれたり、退院した患者のベッドを一旦室外へ運び出して消毒したあと戻しにきたり、この病院の清潔なことに感心した。

入院八日目、探索していた最適の薬として、この日からワソランをやめてアスペノンにし、ソタコール（ピッツバーグでの名前はソタロール）は続けるということになった。アスペノンは心房細動を、ソタコールは心室細動を予防するのだそうだ。

この日、急拠ストレステストを行なうことになった。ストレステストというとわが家ではイメージが悪いから、面会所から公衆電話すると妻が飛んできた。午後車椅子で心電図室へ行きテスト室に入ると、渡辺先生とほかに医師らしい人二人、看護婦、それにＩＣＤのメーカーの人二人、計六人というものものしい態勢だ。テスト中、心拍が速くなって心房細動を起こしファイヤしてはいけないのでＩＣＤをオフにするという。なるほどメーカーの人が要るわけだ。渡辺先生が万一心室細動が起こったらすぐＩＣＤはスイッチオンすると言うので安心した。

それでも、これだけ万全の態勢でスタートしたのに、第三ステップの小走りに入り、動悸が起こり息苦しくなるとストップをかけてしまった。二分三〇秒経過していた。あと三〇秒くら

いは頑張る余力があったのに、ことに足はまったく疲れていないのに、一〇中八くらいで止めてしまった。渡辺先生は
「日常生活でこんなに走ることはないから、まあいいですよ」
と言ってくれたが、扱いにくい患者であったろう。テスト中の心拍数は最高一二〇、血圧が一六八と一二〇だった。
終わって廊下に出ると、妻が待っていた。歩いて病室に帰れるのだが、車椅子で来たので、妻に押してもらって部屋へ戻った。

三日後、渡辺先生が
「瞬間的に動悸があるのは、薬による徐脈のため、ICDに内臓されているペースメーカー機能が働くということもある。ナースステーションに設置してあるあなたの心電図のモニターを見ていると、夜には心拍数が五〇以下まで落ちていることがある」
と言う。これについては、約二ヵ月後このペースメーカー機能の最低ペーシングレイトを心拍数五〇に引き上げてもらった。

入院一二日目、六人もいる病室だから出入りが激しく、重症の人は手術に出たあと集中治療室へ行って帰ってこないが、軽症の人とはすぐ仲よくなり、その家族の人たちもまじえて、たがいの花の美しさから病歴、はては孫自慢にまで話題は飛び、私も病状がアメリカ時代のように深刻でないから、気楽に過ごしていた。

この日、心電図の状態がよいから退院してもよいとの許可が出た。アメリカならバイパス手術のような場合でも四、五日で退院させられ、あとは訪問看護婦や通院によって治療が続くので不安があったものだ。つまり治療はむしろ退院してから始まると言っても過言でなかったが、日本では十分病院で面倒をみてもらえ、治療を終えて不安なく退院というのがありがたかった。渡辺先生は面談室で、メモしながら、今回どんな検査をしたか、どんな治療をしたかなどを詳細にレビューしてくれた。明快で納得のいく説明だった。そのあと

・ICDがまたファイヤしたら心室細動か心房細動かを見極めなければならないから、必ず来院すること。

・心房細動が起こったらワソランをのむとよい。

・心機能が落ちているわけではないから日常生活は今まで通りでよく、日本国内ならどこへ行ってもよい。

等々のコメントがあった。

午後病室のみなさんに別れの挨拶をし、タクシーに乗って帰宅した。一三日前家を出てクラス会へむかったときと何も変わっておらず、時計が止ったままのようなたたずまいだった。

**●妻の記●**

五年三カ月ぶりにやっと日本へ帰ることができた。日本の夏は湿気が多い猛暑で、アメリカからの引越し荷物の整理はからだにこたえた。二人とも無理をしないよう少しずつゆっくり整理していた。

くるまなら自宅から一五分のところにある、聖マリアンナ医大病院の中澤先生のもとに通い始め、不整脈と動悸には悩まされていたものの、とても信頼のおける方でよかったと私たち二人は話し合っていた。主人は会社との関係はなくなったが、古い友人の方々とのおつきあいが増え、その中の一つである大学時代のクラス会に翌年二月出かけて行った。出先が家の近くだと安心だが、一人で東京都内へ出て行くときは、また倒れないかと心配だった。

夜、主人から突然電話があった。クラス会が終わったあと、ホテルのロビーでICDがファイヤしたと言うのだ。

「日本では救急車は県をまたいで走ってくれないときいているので、タクシーで聖マリアンナへむかう」

と言うので、私も急いで支度し、タクシーを呼んで聖マリアンナへ飛んで行った。付添っていただいた佐藤さんが
「比較的元気だから大丈夫だと思いますよ」

と言ってくださった。主人を見ると、先生方と病状について冷静に話しており、元気そうだった。佐藤さんを病院の外で見送りながら、深夜の帰宅になって本当に申し訳ないと思った。ここはアメリカではなくて日本だから私は落ち着いていた。その日は安心して病院におまかせし、夜おそく帰宅した。

結局心房細動ということで、最適の薬を探すためアメリカよりは長い入院になった。先生も看護婦さんも誠実で親切だった。退院した患者のベッドを別のところで消毒しているようで、清潔な病院というイメージだった。

私は毎朝一時間かけ、電車とバスを乗り継いで通っていたが、ここまでくると病院通

いもすっかりなれてしまった。主人は食事が和食なのがうれしそうだ。アメリカでは体調が悪いときは病院食が口にできず困っていたものだ。朝昼晩ご飯を食べても、各食一七〇グラムに抑えてあるので体重が増えず、おかずもおいしく適量だ。主人はこの病院の食事方法にいたく感心し、それまでブランチと夕食の一日二食をそれぞれおなかいっぱい食べていた食習慣を改め、退院後は一日三食にして、ライスは毎食一七〇グラムに抑え、おかずも最小限に抑える食事にして、今日に至っている。おかげで体重は増えず一定のようだ。

心臓の方は不整脈や動悸が減ってきたようで、あれからおかげさまで入院騒ぎもないが、今でも救急車のサイレンが聞こえるとどきっとする。主人が外出しているときは、ひょっとしたら主人が乗せられているのではないかと悪い予感がよぎる。今も救急車のサイレンは大嫌いだ。

その後小事件はあったが、幸い入院や手術には至っていない。動悸や不整脈は相変らず続き、三カ月に一回のＩＣＤのフォローアップによると、心拍数が一五〇から二〇〇近くまで記録されていることがある。自覚症状と一致している場合もあれば、無意識のうちに心房細動が起こっている場合もある。

記憶に残っているのは二〇〇四年四月九日の夜。会社の昔の同僚に誘われて東京都内で会ったことがあった。彼との話がはずみ、二時間経過したところでおひらきにしようとトイレに立ったら、急に心拍数が一五〇／分くらいの猛烈な速さになり、あのＩＣＤファイヤ前のいやな気分になった。席へ戻り、ワソランを一〇分おきに計二錠のんだが治まらない。彼に見守ってもらいながら一時間じっとしていると、頻脈は続くもののＩＣＤのファイヤはなさそうになってきたので、彼に同行を頼み、タクシーで自宅へ帰った。一年前のクラス会のときとまったく同じ状態だったが、ぎりぎりファイヤは免れた。

もう一つ、二〇〇五年七月一五日、ＩＣＤのフォローアップに病院へ行っている最中いつもの頻脈（心拍数一二六／分）が起こり、心電図にもはっきり現れたため、先生は
「心房細動を起こしている。ソタコールとアスペノンをのんでいるのでこれ以上強い薬は使いたくないのだが、サンリズムを使ってみよう」

と点滴してくれた。ちょうど二年前の二月の入院中に起こした心房細動に対して、渡辺先生がワソランとサンリズムを点滴してくれたときと同じ状態だ。あのときは劇的に効いたが、今回

は効かなかった。しかし頻脈の程度が大したことがないので帰宅し、妻が一生懸命肩を揉んでくれた結果、夜には正常に戻った。先生がＩＣＤをモニターしたところ、この三ヵ月間に心室頻拍が二六回も起こっているとのことで、こんなに多いのは初めてだった。

このような頻脈を中心とする不整脈は今もときどき起こるが、あまり気にならなくなった。中澤先生がよく言っておられたように、心房細動になれてしまったようだ。

今一つ問題だったのはワーファリンだった。二〇〇四年に入って、原因はわからなかったが、のどから出血したり、泌尿器から出血したり、からだのあちこちに内出血したような赤黒い紫斑が現れたりしていたが、一一月にはとうとう右足全体を無気味でばかでかい紫斑が覆ったので、ワーファリンの量を一日三㎎から二㎎に減らした。血栓を防ぐ薬だから減らすと血栓ができやすくなり、増やすと出血しやすくなるというわけで、あちらを立てればこちらが立たず、こちらを立てればあちらが立たないのだが、一年以上経った現在まで出血も血栓もなく推移している。

こうしてこの三年間は大きなできごとはなく、大過なく過ごしている。いつどこで倒れても対応できるように、ワソラン、ニトログリセリン、水とＩＣＤカード、ＩＣＤ手帳、携帯電話を持ち、さらに診断書、服用している薬の一覧表、アメリカ時代のカルテの抜粋、ＩＣＤを扱える病院の一覧表などを持ち歩いている。アメリカ時代から通算すると七年間もこれらを必携にして外出しているが、ここ三年間は幸いにして何事も起こらないのでそろそろ手ぶらで外出してもよいかと考えはじめている。

振りかえってみれば、ピッツバーグ空港で敏速な救助活動に助けられ、病院内で心停止を起こして蘇生することができ、バイパス手術後の苦しい時期をすごし、インフェクションのためにピッツバーグからクリーブランドに転院し、心臓に突き刺さったままだったブロークン・ワイヤを難手術のすえ引き抜いてもらうなど、アメリカ時代から今に至るまでこのいのちを助けてくれた実に多くの人びとには感謝のほかない。この人たちの恩に報いるためにも、むざむざいのちを失うわけにはいかず、できるかぎり長生きしなければならないと思っている。

# あとがき

この体験記は、五年三カ月の滞米中、三年余の間に受けた七回の心臓手術と、日本での一回を含めて八回入院した体験について述べたものである。文字通り七転び八起きの経験だった。多くの人びとのおかげで今では毎日を元気に過ごしている。

この体験記を書いたそもそものきっかけは、本文でも言及したが、すでに数年前、旧友の心臓内科医・田中寿英先生に、体験記を書いて心臓病で苦しむ患者さんを励ますよう勧められ、さらにピッツバーグでバイパス手術に立ち会ってくれた井坂先生にも同じように勧められていたことによる。しかしそのような機会がないままにうち過ぎていたところ、時潮社の西村祐紘君から同様の勧めをいただき、チャンス到来となった次第である。

書いた目的については、もちろん心臓病に悩まされている患者さんの参考になり、励ましになれば望外のよろこびであるが、書き進むうちに、心臓病患者のデリケートな心の動きを医師や看護師、医療関係者の方々に理解してもらいたくて、恥をしのんで自分の気持を赤裸々に描いた。従来心臓病については、医師や医療関係者の立場から著されたものは多くあり、私もいくつか読んだが、患者の立場から書かれたものは極めて少ないようだ。医師からすれば患者は神経質にみえると思うが、患者に言わせればそんな単純なものではない。ビジネスの世界など一般社会において辣腕をふるっているような人でも、一個人に戻り一患者になれば弱いものである。

もう一つの目的は、日米の医療事情のちがいについて述べることにあった。しかし日本の事情については、一回入院しただけだからあまりわかっておらず、結果的にはアメリカの医療事情について記述することになった。アメリカの心臓病の治療水準は多分世界最高と思われ、私は多くの方々のおかげでそれをすべて享受できた幸運な患者だったが、すべての人がそうかというと矛盾がいっぱいあり、折角の最高の治療を受けられない人を多く見た。日本の医療制度はいろいろ問題になっているが、アメリカの現状からすれば日本は患者にとってありがたい国である。

幸い、最近日本の心臓病の治療水準や態勢が急速に進歩しているようで、同慶の至りである。私に関連する治療についても、胸を真っ二つに切ることなくバイパス手術をしたり、塞がった冠動脈に入れるステントに種々改良が加えられたり、今では医師だけでなく、だれでもＡＥＤ

（除細動器）を扱えるようになり、主要な駅、空港、それに愛・地球博会場にも多く設置されて患者のいのちを救っている。なんの前ぶれもなくある日突然やってきて、あっという間にあの世へ連れ去られる病気だけに、一人でもそのいのちを救えるようにしていただきたいものである。

なお、本書の構成は、七回受けた心臓手術について一章ずつ書いた第一章から第七章までと、手術は受けていないが日米でそれぞれ入院したときのことを書いた第八、九章とから成っている。

最後に、お世話になった多くの方々に心から感謝したい。すべての人たちが私の治療のために全力を尽くしてくださった。なかでも忘れられない方として、特に

アメリカで倒れた直後から終始適切なアドバイスを続けていただいた田中寿英先生
物心両面にわたって日本から援助していただいた勤務先三洋化成工業の筧哲男社長
莫大な治療費を日本から援助していただいた三洋化成工業健康保険組合と乾真人理事長
ピッツバーグ空港で倒れてから長らく主治医をつとめていただいたラダーニ先生
セカンド・オピニオンを頼み、そのまま主治医になっていただいたアンダーソン先生

アンダーソン先生との間に立って多くの配慮をしていただいたフリードマン先生
クリーブランド・クリニックのシュワイカート先生とレーム先生
ピッツバーグでお世話になったフクミネさん
クリーブランドでお世話になった川崎さん
ピッツバーグで倒れるたびに奔走してもらった同僚の村崎直樹、岡田英治、菊竹順一郎、大槻道久、稲川雅久のみなさん
日本に帰ってから主治医になっていただいている中澤潔先生
同じ病院でなにくれとなく面倒をみていただいた高木明彦先生
折にふれ親身にアドバイスをしていただく旧友の川田忠典先生
のお名前を挙げ、ここにあらためて感謝の意を表したい。
それに何回も何回も心配させ、そのたびに献身的に看護してくれたわが妻俊子もぜひ加えたい。最後に頼り合えるのは夫婦だけだとよく言われるが、それを一足早くアメリカで実感した。

二〇〇六年五月一日

高松　健

解説

# すばらしい、医師の心も捉えます
# 専門医から見た症例と治療

川田　忠典
田中　寿英

解説

# すばらしい、医師の心も捉えます

昭和大学医学部第一外科教授
川田　忠典

## 素人の手すさび？　とんでもない

著者の高松さんは、四〇年以上前、兵庫県の芦屋高校時代同じクラスで机を共にした友人だ。過日、関東でのクラス会で、帰国された彼から、米国滞在中心臓病を患ったと聞かされた。それ以来私は、現役引退間近ではあるが、心臓外科医の立場でお役に立てればと、体調不良時の相談や医師とのやり取りでの疑問点の解明など、医学的アドバイスをそのつど行ってきた。

その彼から、「米国滞在中の闘病生活について書いたから、医学的におかしなところがないか見てくれないか」と依頼された。闘病生活の大まかな経緯は、それまでEメールでうかがってはいたが、どうせ素人の書いたセンチメンタルな体験談に過ぎないだろうと高をくくって、「直せるところがあったら直しましょう」と、気軽くお引き受けした。

米国でのカルテの写しや心電図のコピーなどの裏にびっしりとプリントアウトされた一〇〇

枚近い原稿が送られてきた。少々、難儀だなと思いつつ、その日の勤務を終えた夕刻、ぼちぼちと読み始めた。

ところがである。酷寒の朝、空港へ向かうタクシー内での心臓発作に始まるドラマチックな冒頭から、その後の米国の医療事情に翻弄されつつ、次々に起こるどんでん返しの生々しい闘病体験へと展開する、まるでサスペンス映画を見るような迫真性に（実体験に真に迫るという形容は正しくないが、語彙の乏しい私にはこれ以上の言葉が見つからない）、不覚にも虜にされてしまった。米国での日常生活には慣れておられるとはいえ、奥様の特殊な状況下で戸惑いながらの献身性を淡々と綴られた「妻の記」は、この体験談の現実味を一層引き立てている。気がついたら、ご依頼の件も忘れ、私は一介の読者になって、その夜終わりまで一気に読み終えた。

私には、外科医という医療者側に偏った米国での生活体験はあるものの、幸い、患者の立場で米国医療を体験したことはない。したがって、「この体験談は、われわれ医者族が読んでも感動を与えるすばらしい著作です。お世辞抜きで断言します」とお答えした。以来、私はこの体験談の出版を心待ちにしてきた。

## 冷静かつ客観的な目

それにしても、心筋梗塞に陥り、さらに危険な不整脈に見舞われながらも、自分の病気の実態、治療に際してのインフォームド・コンセントに関する医師との問答やいろいろな薬品名などをよく記録にとどめ、さらに、米国の医療社会の複雑さ、素晴らしいところとずさんなところを敏感に感じとり、治療の間の日常生活、対人関係などとともに、こと細かく体験談をまとめた著者の冷静な洞察力と文才に驚嘆を覚える。

一時期、動転されたであろうことは想像に難くないとはいえ、生死の境にあるような自分の身体の異常にたいし、かくも冷静に、かつ客観的に眺めることができる能力はどこからきたのだろうか。最終章に近く、著者は子供のころに脊椎カリエスを患ったと書かれている。戦後も結核は日本の国民病であり、私も肺結核で長期自宅療養を強いられた末、早世した伯父を持つ。正岡子規も患った脊椎カリエスは、しばしば激しい疼痛を伴い、著者も長期間の入院生活が必要であったにちがいない。「そんなことはない」と著者は即座に否定されるのは目に見えているが、「これだ」と私は勝手に想像した。今回の過酷な闘病生活に対する冷静な目は、過去のカリエスによる長い闘病生活をくぐり抜けてきた賜物かもしれないと。

## 米国医療の光と影

これまで、米国の医療は素晴らしいと一方的に賛美する体験談ばかりのなかで、本書は米国医療の陰の部分をも白日にさらけ出している。

確かに、医療技術や医学研究面での米国のレベルは、第二次世界大戦以来、世界をリードするほど著しく躍進を遂げてきた。しかし、医療制度もそうであろうかと言うと、決して「イエス」とは言えない。

高齢者、低所得者には公的医療保険が導入されてはきたが、一般の国民の多くが加入するのは民間保険である。保険会社は、医療費削減のため患者による医師や病院の選択を自己の管理下におき、治療に関しても規制力を行使する。米国では、医療の平等性がいまだ保障されてはいないし、将来もその可能性は悲観的である。医師が自由に診療し、自由に診療費用を請求できるという自由診療制の原則は崩れつつあるといっても、最高の治療を受けるにはやはり金次第という米国医療の裏事情が厳然として生き残っていることは、終始、著者を悩ませ続けた医療費支払いについての葛藤からも良く解かる。著者が経済的に恵まれていそうもないと判断されてしまったら、現在、本書が存在しえたであろうか。

国民皆保険制度の下、貧富の差なく、全く平等な治療が受けられるという医療環境を享受してきた日本人には、到底理解できないことが本書の随所に現れる。医療費の自己負担分が若干増加することへの日本の国民感情は寛容であるとしても、これから患者にとって生死を決める検査や治療が、先ず患者の治療費支払能力調査によって開始されるなどということであれば、日本では国民とメディアの袋叩きに遭うだろう。

右も左もわからない米国医療の世界で外国人が最良の治療を受けようとすれば、通常、大富豪や有名人でないかぎり並大抵ではない。しかし、伝手《つて》があれば、それがものを言う。複数民族の坩堝である米国社会では、人の信用を得るためには「伝手を頼る」ことが手っ取り早いと、昔、私も先輩から教わった。偉い先生の紹介状一枚あれば、手術見学と称して、結構自由に米国の有数の病院の手術室にまで入り込める。米国に多くの友人を持つ田中寿英医師（私にとっても高校の同級生である）に適切な医学的アドバイスを求めたことと、伝手をアレンジをしてもらえたことが、著者も言うように、幸運に繋がった。もちろん、そこに至るには著者の病像に対する冷静な判断と最終的に手術治療を選択した決断力があったからこそであるのは言うまでもないが。

## 患者にとっての日米の違い

医者と病院との関係が日本とアメリカで全く異なることは、患者の立場に立ったほうがより解かりやすい。

日本では医師は病院に雇われた職員に過ぎない。一般サラリーマン同様、各病院の規定に従って月末に銀行に何がしかの給与が振り込まれる。一方、米国では医師は個人個人独立し、自分のオフィスを持って患者診察を行い、診察費用も自分で直接患者に請求する。病院は、元来、一般市民、企業や財団などからの寄付を財源として設立、運営されてきたという歴史的経緯があり、周辺地域に住む医師は、大掛かりな検査や手術などが必要になったときには患者を病院に送り込み、自分が出向いてその患者の治療にあたる。医師はその病院内で診療はできるという契約は必要であっても、けっしてその病院と雇用関係にあるわけではない。

日本では、保険診療のうちの自己負担分の請求書一通のみで済むのに、米国では、数日でも入院すれば、主治医のみならず、他の医師が入れ替わり立ち代わり、ちょっとでも診断、治療に関われば、彼らから個別に診療費が請求され、病院からは入院料、検査料、手術をすれば手術介助者、麻酔医などへの支払いも加わった請求書が止めどもなく突きつけられる。しかも、各々高額である。とりあえずはそれを個人負担しなければならない。療養が長期にわたると保険もカバーしてくれず、家庭の崩壊をも来たしかねない経済的破綻に追い込まれる。こういった話は少しも誇張ではない。著者は、幸い、保険の備えに手抜かりがなかったために、多額の借金を抱えることなしに無事帰国することができた。

日本でも、最近、高齢化社会への対応、高額な先進医療の導入、医療保険の破綻の切迫などを理由として進められる国民総医療費削減の方針は避けられないが、国民皆保険制度が堅持されているかぎり、米国の医療費地獄、不平等医療と比べれば、日本の医療制度は雲泥の差がある。医療費が高額になっても高額医療補助という制度もあり、自己負担額の上限設定までなされている。本書を読み終えた読者には、全ての人が平等に治療が受けられる日本の健康保険制度が、いかに素晴らしいかを実感していただけるだろう。

**貴重なアドバイス**

将来、米国に滞在を予定する人は、ぜひ本書の熟読をお勧めしたい。国によって医療制度はこんなに違うこと、事前に信頼できる医療保険に加入しておくことの重要性、急病になった時具体的にどう行動すべきか、社会習慣の違いにどう対応すべきかなどの貴重な参考書としても活用可能であることを付け加えておこう。

解　説

# 専門医から見た本書症例と治療

田中　寿英
東京衛生病院嘱託医
元榊原記念病院主任研究員

高松さんは高校時代のクラスメートで、英語が群を抜いて優秀であったと記憶している。だからアメリカで社長業をされていると聞いて、なるほどと納得していた。その彼から心筋梗塞を起こしたと聞かされて、英語に堪能な彼でも、アメリカ生活は相当なストレスであったということがわかった。これは病気から容易に想像できることだ。

人生最大の難局に直面した彼は奥様と二人三脚で、医療システムとその制度の違い、さらには言葉の障害を乗り越えて、心臓病の困難さを克服し、ものの見事に健康を取り戻して帰国された。この闘病生活に私は、驚嘆せずにはおれなかった。今回一連の闘病生活に、日本から少し関わった私は、高松さんの病気と治療について専門医としてのコメントを記しておきたい。

## コメント1　（本文「1　何がなんだかわからぬままに」について）

高松さんの闘病のきっかけとなった最初の心筋梗塞は、心臓の筋肉を養っている大きな動脈（冠動脈と総称されている）三本のうち、心臓の主として下壁の筋肉に血液を流している右冠動脈の根元が急激に狭くなったことに起因していた。因みに、彼が発作を起こした時に、すぐに心臓カテーテル検査（冠動脈を主として造影する検査）が施行され得られた所見は、上述の他に前下行枝（心臓の前壁と中隔壁筋肉を養っている動脈）が完全に塞がっており、回旋枝（心臓の後壁の筋肉を養っている動脈）は正常ということであった。

ここで選択された治療は、その時発作を起こした原因となっている動脈が、右冠動脈の病変であることから、同部にバルーンを挿入し、その後ステントを留置する方法が採られ成功した。これは最もポピュラーな治療の選択肢であった。このときの高松さんの左心室の送血能力の指標となる左心室の駆出率（一回の心臓の収縮と拡張によりどれぐらいの血液量を送血しているかの割合）は四〇パーセントぐらい（正常は五五－六〇パーセント以上）であった。心筋梗塞後の医学上の見通しを決定する重要な指標として、左（心）室駆出率、冠動脈の病変の拡がり、そして不整脈の三つがある。高松さんの場合、この時点では中等度の左心室の送血機能障害を有する右冠動脈と左前下行枝の二本の動脈が障害されている状態であった。

**心臓の解剖**

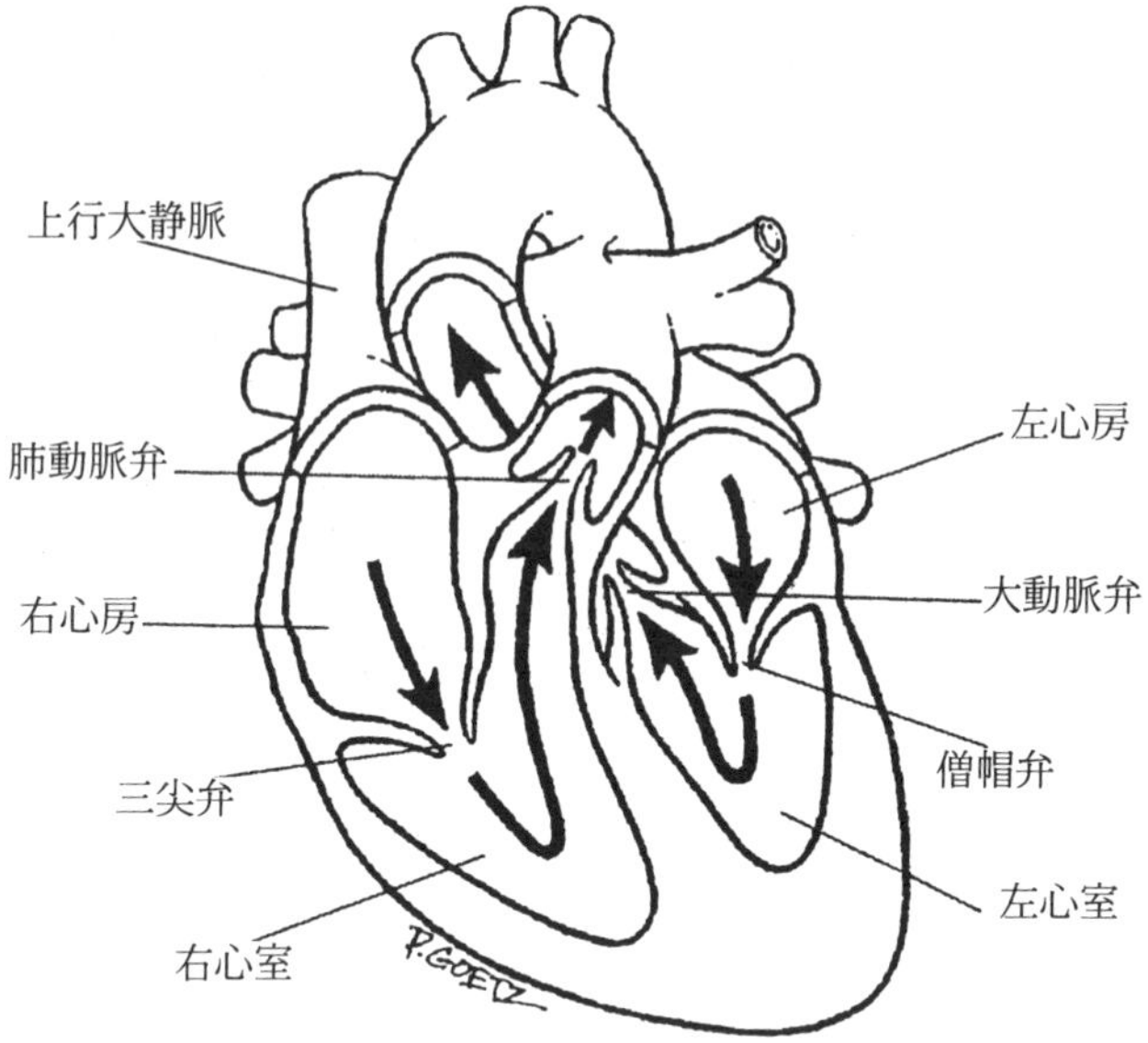
上行大静脈
肺動脈弁
右心房
三尖弁
右心室
左心房
大動脈弁
僧帽弁
左心室
P. GOETZ

## コメント2 （「2 心臓が止まった、生き返った」について）

二〇〇〇年八月一八日、トレッドミル運動負荷（ベルトコンベアーのような下が動いている器具の上を歩き心臓に負荷を加える検査）直後に意識消失を起こした。病院という最も安全な場所での突然死だった。つくづく、高松さんの運のよさを感じる。これが院外で起こっていれば、いくらAED（自動体外式除細動器）の発達したアメリカでも、おそらくは突然死で病院に搬送され、最終的に多分、死の結末を招いていたか、酸素欠乏症による重症の脳障害を起こしていたであろうと予測されるからである。

この時点、つまり心室細動による心臓の本来の機能であるポンプ機能の停止の結果、脳に血流が行かず、意識消失が起こったことが証明された時点でICD（植え込み式除細動器）の植え込み術は絶対適用となり、即座に手術が行われた。心室細動は、後に出てくる心房細動（両心房が細かくばらばらに電気的な信号を伝導するのみで、心房の統制調和した機能を失っている状態である、ただ、全身への送血機能の役割を担っている心室は正常に作動しているので、心臓本来のポンプ能力はそれほど低下しない）とは異なって、心室筋肉が電気的に文字通り細かく勝手に動いているのみで、送血機能を発揮しないという意味では心室の筋肉が停止している状態と全く変わらない。さらにたちが悪いのは、動いているために酸素を消費していることから、一層心臓の筋肉自体の酸素欠乏を促進していることである。

この時でも高松さんの幸運は、アメリカではICDの技術的進歩と症例数が非常に進んでおり、鎖骨下静脈を使用してICDを比較的簡単に挿入・埋め込みができるようになっていたことである。このICDは一九八〇代前半に開発され、その後約一〇年間は開胸手術をして電極を心臓に貼り、ジェネレーターを腹壁に埋め込むという大変な手術であった。日本では、一九九四年に保険適用になっているが、適用症例が非常に少なかったこと、その上高価(現在でも手技料を含めて五〇〇万円)であったことから、限られた病院でわずかな症例しかなかった。

**コメント3 (「3 胸を開いて、バイパスを入れた!」について)**

二〇〇一年一月二二日に、バイパス手術が施行された。これは、筋シンチグラム(心筋虚血を調べる検査法として、血流に応じて心筋に取り込まれる特殊なアイソトープを静脈注射して、ガンマーカメラで検出する法)の検査により、左前下行枝を養っている心筋灌流領域に必要とする血液が流れないことから生じる虚血が証明され、なおかつ狭心症の症状があったことから、決断をされたと推測される。左前下行枝に左内胸動脈(鎖骨下動脈から枝分かれし胸腔を通って肋骨や女性の場

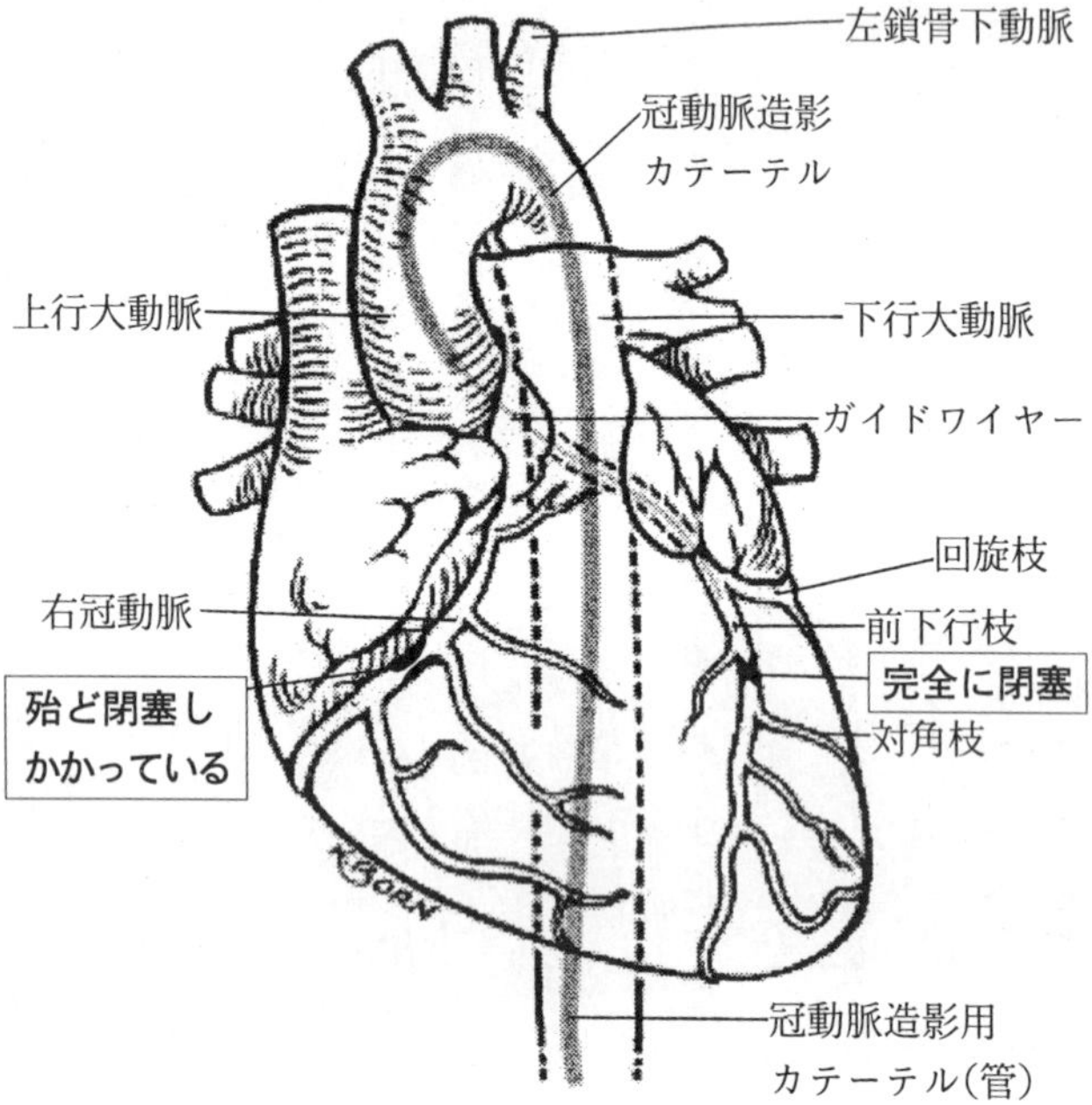


**冠動脈造影**

高松さんは最初の心臓発作のときに、股の付け根の動脈から管（カテーテル）を入れられて、レントゲンの透視を通して、管を図の如く大動脈に開口している冠動脈の入口に導き、そこから造影剤を8 ml前後注入されて、左冠動脈と右冠動脈を造影された。これを冠動脈造影と言う。この結果から、高松さんは右冠動脈病変が今回の心筋梗塞の原因となっており、左前下行枝も完全に塞がっていたことが証明された。

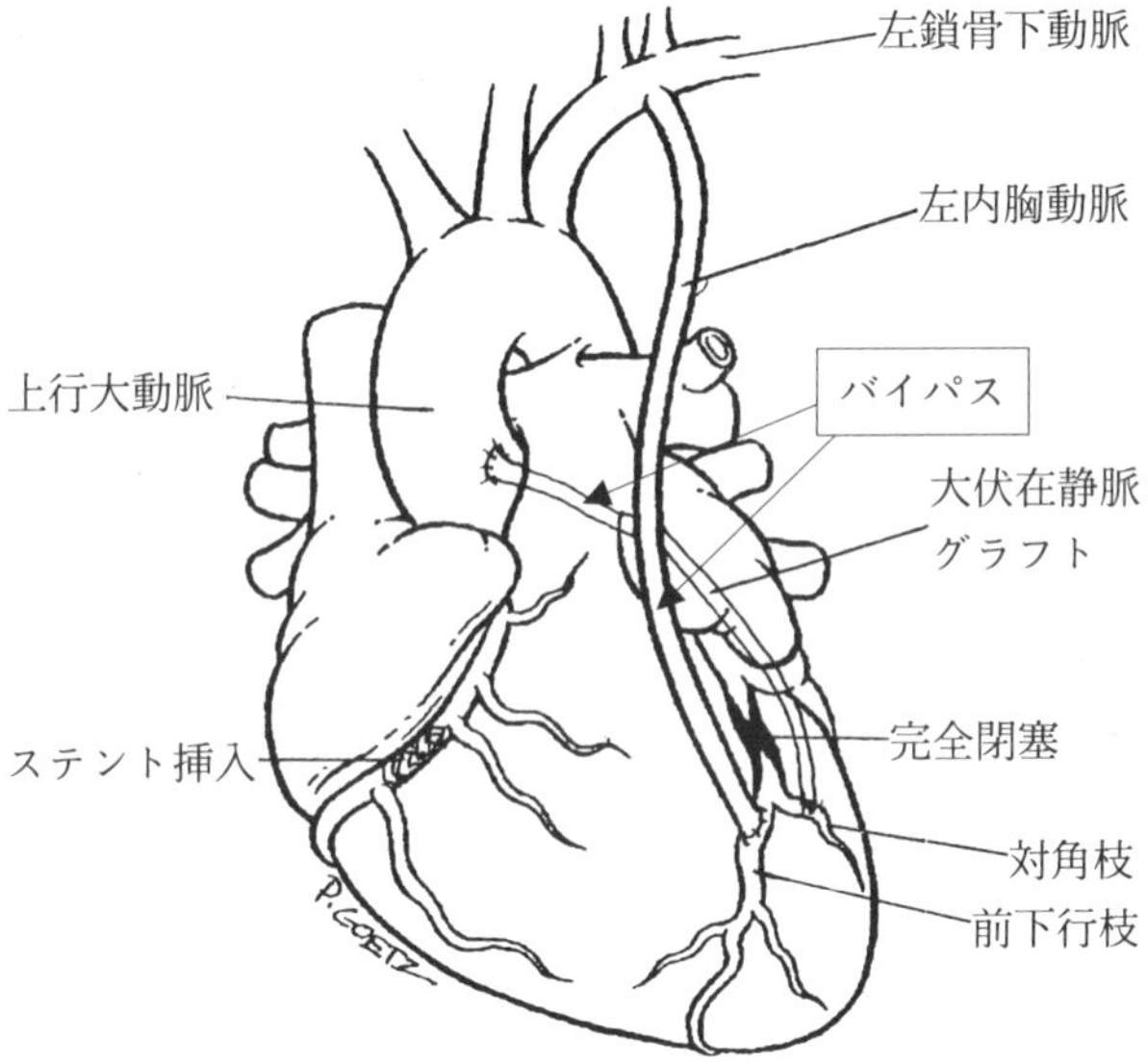


**冠動脈病変とステント挿入・バイパス術**

右冠動脈にはステントが挿入された。左前下行枝には左内胸動脈がバイパスされた。このバイパスは本文中にあるように、図の如く左鎖骨下動脈より枝分かれしている動脈で、この動脈の先端を前下行枝につないでいる。従って、動脈と動脈の吻合となり、バイパスの生存期間は長い。一方、対角枝には大伏在静脈を使用している。この静脈は下肢の静脈で、高松さんの下肢の静脈（大伏在静脈と呼ばれる静脈を使用する）を必要な長さに切り取り、一方の断端を大動脈に、片方を対角枝につないでバイパスした。この場合、静脈と動脈の吻合となり、生理的でないので、バイパスの寿命は明らかに短くなる。

合乳房も養っている動脈）の先端を繋ぎバイパスをし、左前下行枝から枝分かれをしている対角枝には下肢にある大伏在静脈を取って、上行大動脈との間にバイパスを作る手術をされた。

**コメント4 （「4 ICDがファイヤした」について）**

術後直ぐに心房細動を起こし、この心房細動をICDが心室細動と判断するという誤作動を起こしたようで、入院となった。ICDの詳細な解析結果から、断線が疑われ、最終的にレントゲン検査により断線が見つかった。初回は、ワイヤ（リード線）を心室のみに入れていたのを、今回は心房と心室の両方に入れ、心房と心室の両方の電気的出来事を素早くより詳細にキャッチできるようにした。

**コメント5 （「6 クリーブランドへ。最難関の心臓手術」について）**

リード線の抜去はクリーブランド・クリニックのこの道の専門家によって施行されている。私自身、この方法を知らないので、詳細な解説はできない。専門書によると、先端がレーザーメスのようになっているシース（外筒）の中に抜去するリード線を入れて、少しづつ剥離していくようである。

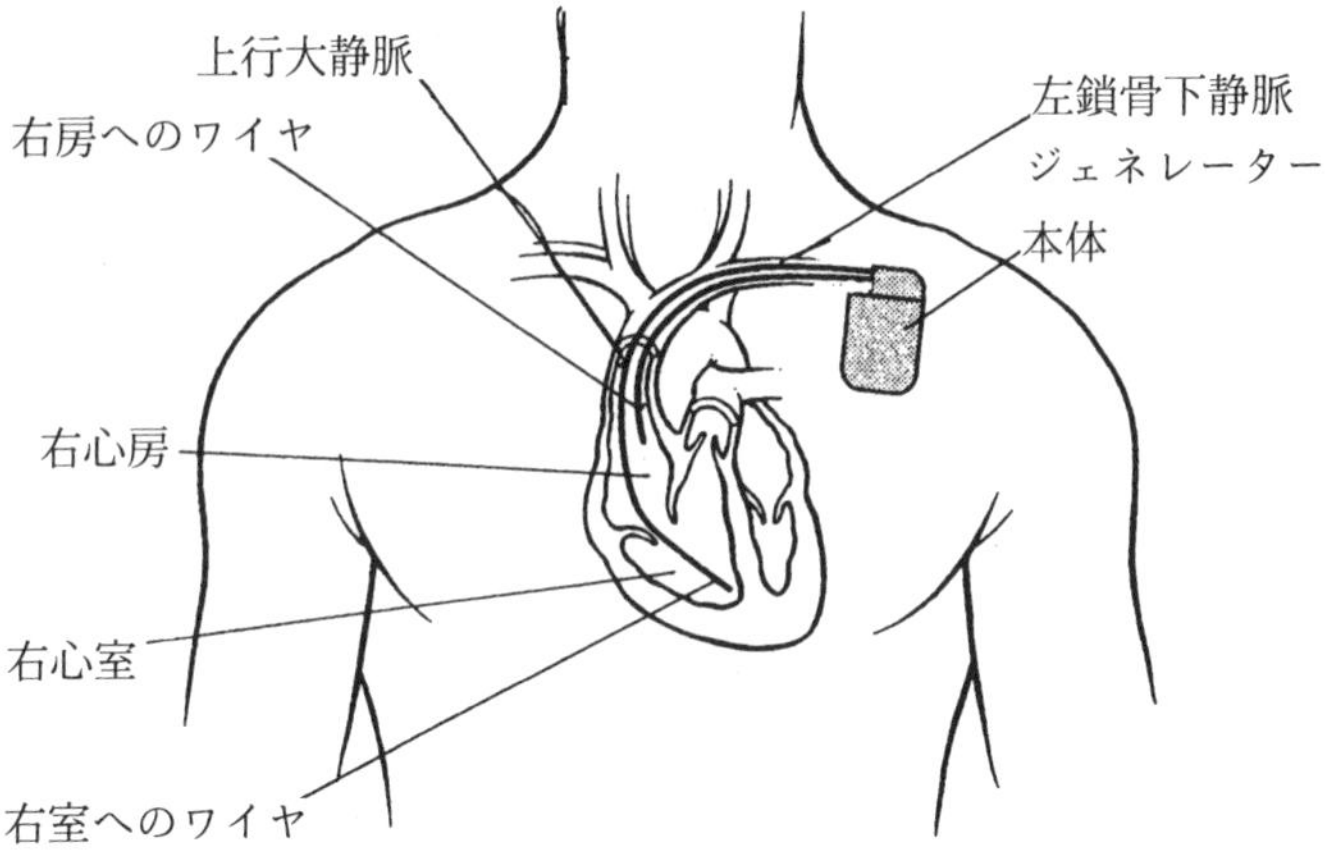


### 4　埋め込み型除細動器

通常は図の如く左前胸部にバッテリーを含んだジェネレーターが埋め込まれる。これは皮膚の下にある筋肉との間、つまり皮下と筋肉の表面の間にポケットを作り、そこに埋め込み、そのジェネレーターと繋がっているワイヤを鎖骨下静脈の中に入れ、レントゲンの透視を見ながら、上行大静脈を経て、それぞれワイヤの先端を右心房と右心室に固定させる。高松さんの場合、一番最初に入れたワイヤは右心室の先端に入っていたが、これがその先端で断線を起こしていた。さらに、左前胸部に埋め込まれたジェネレーター部分が感染を起こし取り外され、最終的に右前胸部に埋め込まれた。

## この闘病記から学ぶこと

私は、アリゾナ州立大学で心臓の専門医の修練を三〇年前に行い、その後エモリー大学で一年間、客員準教授として実際の医療を体験した。その後アメリカ心臓病学会に毎年出席して、アメリカの心臓医療に精通していると自負している私にとって、高松さんの一連の病気に関わり、その実際を体験してみて、その変わりようには本当に驚いた。と同時に非常に良い勉強をする機会を与えていただいたと感謝している。

高松さんと奥様の並々ならぬ努力があったからこそ、彼は健康を取り戻すことができた。これは、本書の読者が全て感じとられることだろう。だが、私が強く印象付けられたのはそれだけではない。ここまで高松さんに病気を理解・納得させた上で、検査や治療をしていくアメリカ医療の姿勢・忍耐は素晴らしいと思う。私どもがインフォームド・コンセントと称して、患者に説明をしているが、専門用語に慣れない外国人である高松さんが理解できた程度まで、私どもが本当に説明をしているか。これが、日本の医療に携わっている者が参考にしなければならない最も重要な点である、と私は強く感じた。

彼は、幸運にもアメリカでＩＣＤを植え込んだ。ＩＣＤは高価な医療機器で、植え込みとフォローには知識と経験が必要である。彼が植え込んだ当時の日本の状況は、健康保険がきく機器ではあったが、症例数が極めて少なく、経験ある電気生理の専門家でもICDを実際に扱った医者は極端に少なかった。従って、このような状況下の日本で、もし彼が心室細動による失神発作を起こしていれば、ある限られた病院に搬送される他なく、どのような結末を迎えられたか不明である。

彼の幸運はさらに続き、ICDのジェネレーター部の感染が起こったときに、全ての異物（ICDの本体であるジェネレーターもワイヤも、生体にとっては異物となる）を先ず取り外さなければならなかった。植え込んで間もないワイヤは簡単に取りだせるが、古くなったワイヤは静脈の壁にべったりくっつき、静脈壁の一部となってしまっているために抜去は非常に困難である。そのワイヤを抜去できる専門家が、入院している大学病院から比較的近いクリーブランド・クリニックに居たことである。

クリーブランド・クリニックは、心臓では世界でバイパス手術を初めて成功させた病院で知られるごとく、心臓に関してはメッカのような病院である。ここに万全の態勢を整えた救急車によって搬送された。搬送中の高松さんのICDは取り外されており、もし搬送中に心室細動が起これば体外的に除細動をし、その後適切に処置ができる看護師が付き添っていた。これも、非常に幸運であった。

もう一つアメリカ医療の凄さと魅力は、感染症の専門家が充実していることである。医師が臓器別に専門化していると、感染症のように臓器によってまとめることのできない科目には、なかなか専門家が育たない。特に日本ではそうである。高松さんの手術部の傷口からMRSE＝メテイシリン耐性表皮ブドウ状球菌（通常MRSA＝メテイシリン耐性黄色ブドウ状球菌が良く知られているが、ブドウ状球菌の中で皮膚に常在しているポピュラーなブドウ状球菌）が培養され、通常の合成ペニシリンやその他の抗生物質に耐性を持っていることから、選択肢としてバンコマイシンを使用しなければならなかった。

バンコマイシンは耐性ブドウ状球菌に対し古い歴史を持った最も効果的な抗生物質であるが、腎臓に毒性を有するなどの副作用のある薬で、血中の濃度を測定しながら毒性にならない治療域を維持して投与して行かなければならないために、バンコマイシンに精通し、熟練をしなければ、なかなか使い難い薬である。その上に高松さんはバンコマイシンにアレルギーの既往を持っていたことから、なお慎重に取り扱わなければならなかった。このあたりのことを高松さ

んは良く描写されている。（本書一四九〜一五一頁参照）

ただ、アメリカの合理的なことは、この後の治療にも良く出ている。このバンコマイシンを2カ月点滴、静脈注射しなければならなかったときに、日本の病院では確実に入院して治療するか、毎日外来に来させる選択肢しかないが、アメリカでは専門家の訪問看護師が、奥様を指導し家に帰すことである。入院費や治療費がべらぼうに高いアメリカの病院だからと考えがちであるが、点滴治療以外病院にいる理由がない患者にとって、家に帰すということは患者のQOL（生活の質）の面から、あるいは家で自由に振舞え免疫力の活性を助長できる面から、私には合理的と思える。高松さんの場合奥様は大変ご苦労をされたと容易に推測されるが、反面ご主人のケアーの一翼を担っているとの思いと誇りをもたれたのではなかろうか。

高松さんの闘病に関わった私の総括的結論は、総合力を問われるのが医療であるということだ。このことを改めて感じている。

技術力がなければICDは生まれてこなかったし、古くなったリード線の抜去もアイディア、勇気、技術力がなければできないことである。さらに、バンコマイシンの自宅での点滴、静脈注射は、そのシステムを確立するのに大変であったろうと想像される。この何れが欠けても高松さんは死に直面することになったことを考えれば、高松さんの今回の闘病はかけがえのない多くの教訓を私たちに与えてくれたといえるのではないだろうか。

## 著者略歴

高松　健（たかまつ・けん）

1337年　兵庫県生まれ
1964年　京都大学経済学部卒業　三洋化成工業入社
1986年～　同社海外ビジネス担当
1997年　同社米国法人社長
2002年　退社

**心臓突然死からの生還**
アメリカで受けた手術体験

2006年6月20日　第1版第1刷　定　価＝1800円＋税

著　者　高　松　健　©
発行人　相　良　景　行
発行所　㈲　時　潮　社
174-0063 東京都板橋区前野町 4-62-15
電　話 (03) 5915-9046
FAX (03) 5970-4030
郵便振替　00190-7-741179　時潮社
URL http://www.jichosha.jp
E-mail kikaku@jichosha.jp

印刷・相良整版印刷　製本・榎本製本



ISBN4-7888-0604-5